# हृदयेश

हृदयेश का जन्म 2 जुलाई, 1930 को शाहजहाँपुर, उत्तर प्रदेश में हुआ था।

उनकी प्रकाशित कृतियाँ हैं—*गाँठ, हत्या, एक कहानी अन्तहीन, सफेद घोड़ा काला सवार, साँड, पुनर्जन्म, दण्डनायक, पगली घण्टी* (उपन्यास); *छोटे शहर के लोग, अँधेरी गली का रास्ता, इतिहास, उत्तराधिकारी, अमरकथा, प्रतिनिधि कहानियाँ, नागरिक, रामलीला तथा अन्य कहानियाँ, सम्मान, जीवनराग, सन् उन्नीस सौ बीस* (कहानी-संग्रह); *जोखिम* (आत्मकथा)।

उनके उपन्यास *सफेद घोड़ा काला सवार* तथा *साँड* उत्तर प्रदेश हिन्दी संस्थान द्वारा पुरस्कृत हुए। प्रतिबद्ध सृजन-यात्रा के लिए उन्हें 1993 के 'पहल सम्मान' से सम्मानित किया गया।

31 अक्टूबर, 2016 को शाहजहाँपुर में उनका निधन हुआ।

# हत्या

हृदयेश

राजकमल पेपरबैक्स

राजकमल पेपरबैक्स में

**पहला संस्करण :** 1994
**तीसरा संस्करण :** 2025



---

**राजकमल पेपरबैक्स :** उत्कृष्ट साहित्य के जनसुलभ संस्करण

---

राजकमल प्रकाशन प्रा. लि.
1-बी, नेताजी सुभाष मार्ग, दरियागंज
नई दिल्ली-110 002
द्वारा प्रकाशित

**शाखाएँ :** अशोक राजपथ, साइंस कॉलेज के सामने, पटना-800 006
पहली मंजिल, दरबारी बिल्डिंग, महात्मा गांधी मार्ग, प्रयागराज-211 001
1, अनमोल सोराबजी सन्तुक लेन, मरीन लाइंस, मुम्बई-400002
वेबसाइट : www.rajkamalprakashan.com
ई-मेल : info@rajkamalprakashan.com

विकास कंप्यूटर एंड प्रिंटर्स
ट्रॉनिका सिटी-201 102
द्वारा मुद्रित

**मूल्य :** ₹199

HATYA
*Novel* by Hridayesh

ISBN : 978-81-267-0312-8

# एक

क्या कुछ ख़बरें बाढ़ के पानी की तरह होती हैं, जो वक़्त के हर क़तरे के साथ फैलती और फैलती जाती हैं, लाँघती-फाँदती और हरहराती हुई, ख़ाली जगहों में धँसती और नई जगह बनाती हुई?

वह सब घटे हुए मुश्किल से दो घंटे बीते होंगे और हज़ारों लोग उसको जान गए थे और हर लम्हे के साथ जाननेवालों में जाननेवाले जुड़ते जा रहे थे। बस, वह कुछ ही देर आस-पड़ोस के घरों तक सीमित रही थी, फिर मोहल्ले में फैल गई थी, और फिर मोहल्ले को भी लाँघकर निकल गई थी और फैलती गई थी, हरहराती हुई। शाम तक पूरा शहर उसकी चपेट में आ जाएगा। शहर में जो तीन-चार संवाददाता हैं, वे आज ही इस वारदात का ब्यौरा अपने-अपने समाचार-पत्रों को तुरन्त भेज देंगे और यकीनन कल या परसों तक वह इस-उस प्रदेशों के छोटे-बड़े हज़ारों शहरों में फैल जाएगी। इन समाचार-पत्रों का लाखों का सर्क्युलेशन है और तब जाननेवालों की संख्या बड़ी और बहुत बड़ी होती जाएगी। सच में कुछ ख़बरें बाढ़ के पानी की तरह होती हैं, जो वक़्त के हर क़तरे के साथ फैलती और फैलती जाती हैं।

हत्या की घटना में लोगों की दिलचस्पी हत्यारे के साथ रहती है या जिसकी हत्या की गई है, उसके साथ? गहरे पैठकर देखा जाए तो सहानुभूति भले ही हत्या किये गए व्यक्ति के साथ हो सकती है, मगर जहाँ तक दिलचस्पी का सवाल है, वह हत्यारे के साथ ही होती है। कारण वहाँ शायद यह है कि वह एक बहुत जोखिम-भरा और साहस का काम होता है, फन काढ़े हुए काले विषधर को पकड़ने जैसा, और हत्यारे ने एक प्रकार से क़ानून को चुनौती दी होती है। दूसरे, सारी घटना उसी से जुड़ी होती है और वह उसका केन्द्रबिन्दु बन जाता है। तीसरे, जिसकी हत्या होती है, अस्तित्व समाप्ति पर वह भूत हो चुका होता है जबकि हत्यारा सारा रहस्य और रोमांच समेटे सशरीर वर्तमान बना रहता है। लोग-बाग इसीलिए अधिक-से-अधिक हत्यारे के बारे में ही जानकारी जुटाने की कोशिश करते हैं, जैसे किसने मार दिया? वह क्या करता है? कैसा है? कहाँ रहता है? क्या ज़्यादा ग़ुस्सेबाज़ है? किस चीज़ से मार दिया? क्यों मार दिया? मारकर भाग गया या पकड़ लिया गया? आदि-आदि।

जो दो घंटे पहले वह वारदात हो गई, उसका हत्यारा शिवनारायण था। वह दुबले-छरहरे क़द का चालीससाला अधेड़ उम्र आदमी था। आम चेहरा था, औसत नाक-नक्श और हल्का-सा तपे हुए ताँबे का रंग। उसके व्यक्तित्व में जो विशिष्टता हो सकती थी, वह यह कि उसके सिर के बाल कड़े थे जो पीछे की ओर प्रायः खड़े रहते थे। उसकी खुरदरी नाक पर हरदम पसीने की बूँदें बनी रहती थीं और वह जब-तब अपना निचला ओंठ चबाने लगता था। वह ज़्यादातर चुप रहता था और जब बोलता था तो आवाज़ किसी गहरी परत के नीचे से आती लगती थी। वह ख़ाली समय में किताबें पढ़ा करता था। ये किताबें सस्ती और उपन्यास-कहानी क़िस्म की नहीं होती थीं और आम आदमी साधारणतया उनको नहीं देखता था। वह अपनी यूनियन की बुलेटिन भी ध्यान और रुचि से पढ़ा करता था। वह बिजली कम्पनी में स्टोर का इंचार्ज था और एक घर-गृहस्थीवाला आदमी था, यानी उसके पत्नी थी और तीन बच्चे।

उसकी पत्नी नहीं जानती थी कि उसका पति हत्या कर देगा। उसके बच्चे भी इस सम्भावना से बेख़बर थे। दरअसल उससे जुड़े किसी भी व्यक्ति को इसका आभास नहीं था। उसके बारे में ऐसा सोचा भी नहीं जा सकता था। कारण, वह एक निहायत शरीफ़ और सीधा-सादा आदमी माना जाता था।

हत्या चन्द्रिका प्रसाद उर्फ़ चुन्नू उर्फ़ पहलवान की हुई थी। चुन्नू से उसकी कोई खुली दुश्मनी या प्रत्यक्ष वैसा कोई कारण नहीं था। चुन्नू को, हाँ, वह नापसन्द ज़रूर करता था। लेकिन चुन्नू को नापसन्द सैकड़ों लोग करते थे। बहुतों की उससे सीधी दुश्मनी भी थी।

दरअसल चुन्नू एक दादा क़िस्म का आदमी था। जिस्म में तेल चुपड़-चुपड़कर और डंड पेल-पेल और बैठक मार-मारकर पहले उसने अपना शरीर बनाया था और फिर अपना दबदबा बनाने लगा था, दूसरे शब्दों में जिसे रुतबा बुलन्द करना भी कहा जाता है। उसके भाई की लकड़ी की ठेकी थी। भाई अधिकतर जंगल में रहा करता था और वह ठेकी पर बैठा करता। लकड़ी फाड़नेवाले लकड़ी फाड़ते रहते। गाहक आ जाने पर वे ही तौलते और गट्ठा बनाकर डाल आते। चुन्नू टीन की कुर्सी पर गली की ओर मुँह किये बैठा अपनी मूँछ टेवता रहता। उसका सिर तेल की हाँड़ी जैसा चुचआता होता। उसकी आँखों में सुरमे की डोर खिंची होती और मूँछ की नोकें दोनों ओर बिच्छू के डंक की तरह तनी होतीं। ओंठ पान से सुर्ख़ होते। इन सुर्ख़ ओंठों के बीच में बीड़ी दबी होती और वह इत्मीनान के साथ पीता होता। उसके पैरों के पास ही एक देसी, पर उसी की तरह मुसटंड कुत्ता बैठा होता। गली में कोई दूसरा कुत्ता निकलता, या फिर बकरी या गधा, वह उस कुत्ते को हुलका देता और दूसरे जानवर के खदेड़ दिये जाने पर चाबुक मारता हुआ-सा बोलता—भुतनी का, भाग गया। फिर फक से हँस देता, पान की पीक से रँगी-सनी हँसी की छींट छितराता हुआ।

चुन्नू गली की ओर बराबर मुँह किये बैठा रहता हो, ऐसा नहीं था। जब तीन-चार उस जैसे शोहदे क़िस्म के लोग वक़्त काटने आ जाते तो वह

ठेकी पर एक ओर छाए छप्पर के अन्दर चला जाता और वहाँ पड़े तख़्त पर फड़ जमाकर माँग पत्ता खेलता।

शाम झुके वह साफ़ धोती और कुर्ता पहनकर ज़्यादातर भट्ठी की ओर निकल जाता और वहाँ नशा करता। फिर लानत-मलानत बका करता। उसकी जेब में एक नौ इंची फलवाला रामपुरी चाकू पड़ा रहता जो खटका दबाने पर किर्र-र किर्रर्र् की आवाज करता ख़ौफ़नाक तौर से मादरजाद नंगा हो जाता।

वह दूकान और होटलों पर दूध-मलाई और मीठा चटखारता। दूकान और होटलों के मालिक उससे दाम नहीं माँगते, न वह उन्हें देता ही।

उसे वे पहलवान कहकर आदर देते थे।

—पहलवान, आओ।

—इस कुर्सी पर नहीं, यहाँ आकर बैठो। यहाँ आराम रहेगा और पंखे की हवा लगेगी।

—पहलवान, हुक्म करिए, क्या सेवा करूँ?

चुन्नू बैठा हुआ था। एक ताँगे का घोड़ा ठीक सामने रुक गया था और पेशाब करने लगा था। चुन्नू ने उठकर दमे से जर्जर और खाँसी से खोखले ताँगेवाले की कनपटी पर लोहे जैसा एक जन्नाटी झापड़ जड़ दिया—भुतनी का, अपनी माँ की मुतनी में ले जाकर क्यों नहीं मुतवाता है? हटा बे—हटा, नहीं स्साले की सुरंग में मिर्च की बुकनी बारूद जैसी ठूँस दूँगा।

ताँगेवाला हवा में पत्ते की तरह काँपने लगा था और फिर सहसा पाया गया कि पत्ता भीगा भी है और उसमें से टप-टप कर पानी चू रहा है।

चुन्नू आधा दर्जन लोगों को लहूलुहान कर चुका था। छह साल पहले शिकार बना छिट्टू कुँजड़ा आज भी लँगड़ाता था।

चुन्नू पर कई मुक़दमे चल चुके थे। घर में उसकी कोठरी से एक देशी तमंचा और चार कारतूस बरामद हुए थे। बरामदगी के दोनों गवाहों ने अदालत में गिरगिट की तरह रंग बदल दिया और वह छूट गया। एक बार बर्तनों की एक दूकान पर बिक्री-कर की वसूली करने अमीन आया। दूकानदार अमीन को टालना चाहता था, पर वह टल नहीं रहा था। दूकानदार चुन्नू की ख़ातिर

तवाज़ो किया करता था, और चुन्नू वहाँ आ गया था। जब अमीन ने चुन्नू के भी तेवर समझने से इनकार कर दिया, तब उसने उससे परवाना और रजिस्टर छीन लिये और पुराने कपड़े जैसे चर्रर करते फाड़ डाले।

—भुतनी का, अपने को अमीन कहता है। मैं तो नहीं पहचानता। क्या सबूत है तेरे पास? दिखा परवाना कुर्की का। दिखा भुतनी के।

चुन्नू ने अमीन की साइकिल भी एक चेले से उड़वा दी।

अमीन ने रपट लिखाई। धारा 332-392 भारतीय दंड संहिता के अपराध का मुक़दमा चला। पर मौक़े का कोई गवाह हासिल नहीं हो सका और मुक़दमा दाँत निपोरता हुआ गिर गया।

चक्की पर चुन्नू का आटा ख़राब हो गया था। चुन्नू ने रोटी बनवाई तो दाँत के नीचे निवाला आने पर किसकिस करने लगा।—आक—थू—थू। धत् तेरी बेटी की—आक—थू।

चुन्नू चक्की पर पहुँचा। पर चक्की बन्द थी। चक्कीवाला काफ़ी दूरी पर रहता था। चुन्नू भट्ठी पर चला गया। वहाँ शराब के साथ नमकीन मुँगौड़े लिये तो उसे लगा कि वे भी किसकिस कर रहे हैं। वह लौटा तो चक्की के सामने मुँह में दबी पान की पीक भी फिर किसकिसाहट देने लगी।—थू—पिच। आक-थू। इस भुतनीवाले ने मुँह का ज़ायका ख़राब कर दिया।—आक—थू।

उसने एक बीड़ी सुलगाई। तीली की रोशनी में वहाँ पड़ा एक रस्सी का टुकड़ा दीख गया। उसने उसे भी सुलगाया और सींखचों के बीच से अन्दर फेंक दिया।—ले साहू की औलाद रघुनाथ, तेरी चक्की की भकभक में पलीता लगाए देता हूँ।

आध घंटे के भीतर लोग चक्की में लगी आग बुझा रहे थे और चुन्नू ठेकी में छप्पर के नीचे चादर ताने पड़ा था और चुटकी में आ गए खटमल को वज़नी गालियाँ देता हुआ मसल रहा था।

दबदबा बढ़ने और रुतबा बुलन्द होने के साथ-साथ चुन्नू के शौक भी बढ़ते जाते थे। शौक बढ़ाकर जैसे वह अपने रुतबे और दबदबे को और बढ़ा लेता था। फिर शौक और फैलते थे और तब दबदबा और रुतबा और

भी ज़्यादा बढ़ और बुलन्द हो जाते थे। उसकी उम्र कुल तेईस साल की हुई थी और तरेसठ साल का आदमी भी उसे राम-राम करता था। कुछ लोग उससे पालागन भी कहते थे, गोया कि वह जाति का कायस्थ न होकर एक कुलीन ब्राह्मण हो।

कुछ दिनों से उससे जो एक नया शौक जुड़ गया था, वह यह कि वह दो-एक नमकीन चेहरे और मारू जिस्मवाले कमसिन लौंडे अपने साथ रखने लगा था। इन लौंडों को वह वक़्तन-फ-वक़्तन अदलता-बदलता और छाँटता रहता था। जब तक वह उनको अपने साथ रखना पसन्द करता, वह उनकी डटकर ख़ातिर-तवाज़ो किया करता था। वह दूकानों और होटलों से उनको भी मलाई, रबड़ी और बर्फ़ी-पेड़ा खिलवाता और दूध-लस्सी पिलवाता था।

एक ऐसे लड़के के बड़े भाई को अपने छोटे भाई का यों रहना आँख में कंकरी की तरह कड़का और उसने उसे रोका। यही नहीं, एक दिन जब वह चुन्नू की ठेकी से उतर रहा था, उसने उसे पकड़ लिया और वहीं लताड़ते हुए उसका गला झिंझोड़ दिया। चुन्नू छप्पर में से बाहर आ गया और उसने बड़े भाई के मुँह पर एक झापड़ तड़ाक से जड़ दिया—भुतनी के, तेरी क्यों फटकर हौदा हो रही है? घास जम आई होगी, वरना तुझे भी सातों आसमान की सैर करा दी होती।

उस बड़े भाई ने चुन्नू से बदला लेना चाहा था। उसकी इज़्ज़त की सफ़ेद चादर पर जैसे कोई ठुक-ठुक जूते रखता और गन्दे निशान छोड़ता गुज़र गया हो। पर उससे भी बड़े भाई और बाप ने उसको ठंडा कर दिया था—सब्र करो, सब ठीक हो जाएगा। आग में हाथ डालना या पत्थर से सिर टकराना अक़्लमन्दी नहीं है।

दो-तीन लोगों ने दबे-दबे राय दी—पुलिस को दो-चार सौ की रक़म पिलाकर बदमाशी के पर नुचवा दो। आप पैसेवाले हो और दे सकते हो।

उस लाला ने रुपये तो दिये, पर पुलिस को न देकर चुन्नू की भेंट चढ़ाए। पाँच सौ के नोट उसे पकड़ाकर उसके हाथ जोड़ दिये और अपने लड़के को वापस माँग लिया।

चुन्नू ने उसकी जगह एक खत्री लड़के को रख लिया।

यों देखा जाए तो बिजली कम्पनी के स्टोरकीपर शिवनारायण की चन्द्रिका प्रसाद उर्फ़ चुन्नू उर्फ पहलवान से कोई खुली दुश्मनी या अदावत या किसी स्वार्थ को लेकर सीधी टकराहट नहीं थी, न उसके लिए वहाँ कोई प्रत्यक्ष कारणभूत आधार ही था। चुन्नू ने शिवनारायण से कभी कुछ नहीं कहा था, न शिवनारायण ने कभी उससे ही।

सुबह आज साढ़े आठ बजे चुन्नू चुंगी के नल की पक्की चबूतरिया पर लँगोट के नीचे से घुँघराले बालों की श्याम झाँकी दिखाता हुआ तेल मालिश कर रहा था। वहीं पड़ोस का एक दर्ज़ी बालटी रखकर पानी भरने लगा। पानी की कुछ छींटें पास में उतारकर रखे हुए चुन्नू के कपड़ों पर पड़ गईं और चुन्नू ने झपाके के साथ बालटी उठाकर दूर फेंक दी—भुतनी का, अन्धा हुआ है? स्साले को पेंदी से डालूँगा और हलक से निकालूँगा।

वह दर्ज़ी फ़ौरन भागकर दस गज़ की दूरी पर खड़ा हो गया और चुन्नू की दिशा में उसके हाथ यों जुड़े थे जैसे वे सरेस से चिपके हुए हों।

शिवनारायण उस समय अपने मकान की सफील पर था, जो ठीक सामने थी। वह दो मिनट वहाँ खड़ा-खड़ा चुन्नू और दर्ज़ी की मुद्राओं को देखता रहा और अपने निचले ओंठ को दाँतों से चबलाता रहा। फिर वह सफील की बग़ल में बनी अपनी बैठक में घुस गया और कोने में टिके भाले को उठाकर बाहर आ गया और नल की दिशा में बढ़ने लगा। जब वह चुन्नू से एक गज़ दूर रह गया तो उसने चुन्नू, दर्ज़ी और वहाँ उपस्थित सभी लोगों को चौंकाते हुए हाथ में थमा भाला हुमक कर चुन्नू के सीने में यों घुसेड़ दिया कि फल की नोक पीठ को फाड़कर बाहर निकल गई।

चुन्नू काँटे में बिंधी मछली की तरह दो-चार बार तड़फड़ा कर मर गया।

# दो

चन्द्रिकाप्रसाद उर्फ़ चुन्नू उर्फ़ पहलवान की जो हत्या हुई, वह इस मोहल्ले से सम्बन्ध नहीं रखती है। हत्यारे शिवनारायण का भी यहाँ से कोई सिलसिला नहीं है। यह मोहल्ला बक्सरियाँ है तो वह रोशनगंज था, यानी बीच में पूरे तीन मोहल्ले पड़ते हैं और आधे मील का अलगाव है। वह जो इस घटना का ज़िक्र कर दिया गया सो इसलिए कि वह अपने में ज़िक्र करने लायक़ हो गई थी और फिर इसी शहर की थी।

शहर छोटा और सिमटा हुआ हो तो उसके मोहल्ले भी छोटे और सिमटे हुए होते हैं।

छोटे शहर का शायद एक क़दम गाँव की तरफ़ होता है और दूसरा महानगर की ओर। वह एक उस लड़के की तरह होता है जो अंग्रेज़ी बोलता है, पर उसके उच्चारण का लहज़ा ठेठ देसी होता है, या वह फिर फूल की थाली में स्टील के चम्मच से खिचड़ी खाता-सा दीखता है, या फिर जनेऊ पहननेवाले एक पतलूनधारी की तरह नज़र आता है, या फिर...। उसकी कोमल नरम भावुकता को बुद्धि के तेज़, पैने नाख़ून रह-रहकर खरोंचते और

लहूलुहान करते रहते हैं। शहर का यह व्यक्तित्व उसके अपने मोहल्ले में भी साफ़ झाँकता और झलकता है।

मोहल्ला भी शायद एक स्वतंत्र इकाई नहीं होता है। मोहल्ले के अन्दर भी क्या मोहल्ले नहीं होते हैं, टोले, गलियाँ और अहाते? शहर अपने में बहुत बड़ा होता है, 'छोटा' का विशेषण जुड़ा होने पर भी। मोहल्ला उस शहर का एक हिस्सा होता है, पर वह भी बड़ा होता है। टोला, गली या अहाता उससे छोटा होता है, पूरे थान की लम्बाई में एक रूमाल जितना। बड़ी चीज़ को पकड़ना और देखना चाहो तो मुश्किल होती है। पकड़ने और देखने की कोशिश में बहुत-सा अनपकड़ा और अनदेखा रह जाता है! पर छोटी चीज़ के साथ उस मायने में दिक्कत नहीं रहती है। वहाँ चीज़ को समग्रता के साथ पकड़ा और देखा जा सकता है, कम-से-कम सम्भावना तो वैसी रहती ही है।

उस मोहल्ले के अन्दर वह भी एक मोहल्ला था। अपने दाएँ-बाएँ गली और रास्तों और अपनी स्थिति के कारण उसने एक छोटे-से द्वीप की शक्ल ले रखी थी। उसमें दो-ढाई सौ घर और तीन-चार सौ परिवार थे। चारों जातियों और हर पेशे से जुड़े लोग बसते थे। एक-दूसरे के बीच स्थितियों का फ़ासला था और नहीं भी था। इस अर्थ में वह मोहल्ले के अन्दर का एक मोहल्ला होते हुए भी अपने में एक सम्पूर्ण नगर था, किसी महाग्रन्थ के लघु-संस्करण जैसा जिसमें विस्तार न होते हुए भी उसके सारे अंग-उपांग रहते हैं।

प्रत्येक टोले, गली या अहाते में एक व्यक्ति ऐसा होता है जो दूसरों को हर मामले में राय दे सकता है और जिससे दूसरे राय लेना उचित और सेहतमन्द समझते हैं। वह बहुत दूरन्देश, सूझबूझवाला, तजुर्बेकार और हर चीज़ का जानकार होता है। वह लोगों से अपनी बात मनवा लेता है और लोग उसकी बात मानने के लिए उत्सुक रहते हैं। उसके पास फ़ुरसत-ही-फ़ुरसत होती है और लोग उससे मिलने के लिए फ़ुरसत निकाल लेते हैं।

वहाँ भी एक ऐसा व्यक्ति था और उसका नाम था भोलानाथ। भोलानाथ की बासठ-पैंसठ की उम्र थी और सेहत अच्छी थी। रात में वह किसी का सहारा लिये बिना निकल सकते थे और आधा-पौन मील पैदल मज़े में चल

सकते थे। क़द औसत से ऊपर था। रंग खुलता हुआ था और चेहरे पर जो झुर्रियाँ थीं, वे आभिजात्य की आभा के चिकनेपन से दबी-ढकी रहती थीं। कान और नाक के गुहों के अन्दर से बड़े-बड़े और घने बाल बाहर झाँकते रहते थे। पर वे बुरे नहीं लगते थे। हाथ और पैरों के रोंयें भी ऊँचे और घने थे, चींटियों के झुंड जैसे। पर वे भी भद्दे नहीं दीखते थे, बल्कि व्यक्तित्व को एक अतिरिक्त विशिष्टता ही देते थे। तितली मार्का मूँछ भी इस विशिष्टता का एक उपादान बन गई थी। वह रोज़ शेव बनाते थे और साफ़ और भरपूर कपड़े पहनते थे, जैसे हर ऐसे व्यक्ति को पहनना चाहिए। उन्हें अंग्रेज़ी, उर्दू, हिन्दी तीनों ज़ुबानों पर महारत हासिल थी और मौक़ा पड़ने पर वह दस-पाँच श्लोक और शेर भी कह देते थे।

किसी व्यक्ति के प्रभावशाली बनने में कुछ बातें सहायक बन जाती हैं, मसलन उसकी अपनी स्थिति, उसका पद या स्थान, उसकी योग्यता, उसकी उपयोगिता की सम्भावना और सबसे ऊपर यह कि उसमें अपने को स्वीकार करवा लेने की कितनी ख़ूबी और क्षमता है।

भोलानाथ म्युनिसिपल बोर्ड में एजूकेशन सुपरिंटेंडेंट के पद से रिटायर हुए थे। रिटायर होने के बाद वह कुछ कर सकते थे, पर उन्होंने किया नहीं। बाज़ार में उनकी दो दूकानें थीं और उनसे किराया आता था। वह बताया करते थे कि उनका काम बड़े मज़े में चल जाता है। फिर उनके बेटे लायक़ और वफादार थे और सहजता से उन पर विश्वास किया जा सकता था। उनका एक बेटा मजिस्ट्रेट था और दूसरा सिनेमा के तीन मालिकों में से बराबर का हिस्सेदार था। उनके जो एक लड़की थी वह पास के एक-दूसरे शहर में एक वकील को ब्याही थी। दामाद की प्रैक्टिस चार अंकोंवाली तो थी ही, राजनीति में भी वह अच्छी साख रखता था। पिछले चुनाव में वह सत्तारूढ़ पार्टी के टिकट से विधानसभा का सदस्य चुना गया था।

भोलानाथ के इस दूसरे बेटे ने, जो स्थानीय सिनेमा में एक हिस्सेदार था, अपनी अलग स्थिति बना ली थी और भोलानाथ की महत्ता उससे और सुदृढ़ हो गई थी। वह हाकिम-हुक्कामों की पार्टी घर पर किया करता था।

कोई नया हाकिम आता, या पुराने में से किसी का तबादला होता, तब हर ऐसे अवसर पर शहर में होनेवाली पार्टियों में से एक भोलानाथ के बेटे दीनानाथ की ओर से आयोजित होती थी। साल में चार-पाँच ऐसे अवसर आ ही जाते थे। फिर होली और दीवाली जैसे त्योहारों के अवसर थे, बच्चे के जन्म-दिन का अवसर था। मतलब यह कि हर दूसरे-तीसरे महीने घर पर बड़े-बड़े और महत्त्वपूर्ण व्यक्ति जमा होते थे। गली चौड़ी और पक्की थी। जीप, कार व स्कूटर वहाँ तक चले आते थे और डेढ़-दो घंटा तक अपनी विशिष्ट और गर्वस्फीत मुद्राओं में खड़े रहकर वे देखनेवालों को छोटा करते रहते थे।

इसलिए भोलानाथ अपने एजूकेशन सुपरिंटेंडेंट के पद पर रहने का, दामाद के एम.एल.ए. रह चुकने का, एक बेटे के मजिस्ट्रेट होने तथा दूसरे के हाकिम-हुक्कामों से घुले-मिले होने का, अपने अंग्रेज़ी के अख़बार पढ़ने तथा दोनों वक़्त रेडियो से ख़बर सुनने और देश और समाज की ताज़ा स्थितियों के बारे में ज्ञान रखने का तथा अपने पास समय-ही-समय होने का भरपूर असर दूसरों की निगाह में रखते थे या रखवा सकते थे। और यही सब बातें और स्थितियाँ उनको मोहल्ले के उस हिस्से और वहाँ बसनेवाले दो-ढाई सौ घरों और तीन-चार सौ परिवारों के बीच एक महत्त्वपूर्ण, विशिष्ट और प्रभावशाली व्यक्ति बना देती थीं।

# तीन

सुबह के इस वक़्त भोलानाथ गली के बाहर सब्ज़ी की उस छोटी-सी बाज़ार में थे, जो कुछ दूर तिराहे पर लगती थी। वहाँ खेतों से दस-पाँच झाबे हरी और ताज़ी सब्ज़ियाँ आ जाती थीं। आसपास की मंडियों में जो सब्ज़ी शाम को बिकने से रह जाती थी, वह भी उठ आती थी। तीन-चार घंटे को ही वह बाज़ार बस होती थी, यानी सात-साढ़े सात से शुरू होकर दस-ग्यारह तक।

भोलानाथ मानते थे कि सब्ज़ी वहाँ हरी और ताज़ी तो मिलती ही है, वह तेज़ भी नहीं होती। बल्कि कभी-कभी उसका भाव नरम ही होता है। भाव तब तक खुल नहीं पाता और जब मंडियों में खुलता है तो अक्सर उछाला लिये होता है। भोलानाथ की तरह और भी ऐसा मानते थे।

—कभी-कभी तो यह होता है कि झाबे में से सब्ज़ी छाँटनेवाले सबसे पहले गाहक हम ही होते हैं।—भोलानाथ कहकर अपने ख़ास ढंग से हँस देते।

जिससे कहा जाता, वह भी समर्थन में हँस देता, बल्कि कुछ ज़्यादा खुलकर सराह के साथ, कि बात में काफ़ी वज़न है।

भोलानाथ रुककर एक कुँजड़िन के झाबे में से तुरई निकालने लगे। वह निकाल-निकालकर एक ओर पटरी पर रखते जाते थे। वहाँ तीन-चार और भी लोग रुक गए थे। उन्होंने भाव नहीं पूछा। भोलानाथ जी ने जो तय कर लिया होगा, वे वही दे देंगे। भोलानाथ की छाँटी हुई तुरई कुछ बच रही थीं और एक ख़रीदार ने उन्हीं को अपने लिए तुलवा लिया।

हर मिनट पर भोलानाथ को चार-चार, पाँच-पाँच लोग सलाम कर रहे थे।

एक ने उनको दूकानदार से मिली हुई अठन्नी दिखाई और पूछा कि क्या ठीक है?

—ज़रा-सी यहाँ किनारे पर कटी हुई है। बाज़ार में चलने में दिक्कत होगी।

वह आदमी अठन्नी वापस करने दूकान पर चला गया। दूकानदार बहुत कहता रहा कि वह सिक्का ठीक है, अभी उसने बैंक के एक बाबू से लिया है और उसने अपने पास के चुम्बक से चिपकाकर उसके खरेपन को प्रदर्शित भी किया। पर उस आदमी ने वह अठन्नी फिर नहीं ही ली और एवज़ में दूसरे छोटे सिक्के ले लिये। अठन्नी बदली न जाने पर शायद वह सौदा ही वापस कर देता।

बाज़ार में भोलानाथ को महेश श्रीवास्तव दीख गया। वह सब्ज़ी ख़रीद चुके थे और अब घर लौट सकते थे, या फिर रोके जाने पर रुक सकते थे।

—कहो, कल वहाँ मिलने गए थे? क्या बातचीत हुई?

—जी, नहीं जा पाया।

भोलानाथ चौंक गए, जैसे कुछ सोचा हुआ ग़लत निकल गया—पर तुमने तो जाने को कहा था। मैंने समझाया भी था।

—आपके कहने पर पहले मैंने सोचा कि चलो मिल आऊँ। पत्नी भी ज़ोर दे रही थी। पर फिर आत्मा ने गवारा नहीं किया।

—तुम मूर्ख हो। भोलानाथ ने झिड़का। उनके झिड़कने में नोक नहीं होती थी। और अगर होती भी थी तो दूसरे को वैसी लगती नहीं थी—तुम्हारा नुकसान क्या था?

महेश की पत्नी के सगे मामा पुलिस में डिप्टी इंस्पेक्टर जनरल थे। पहले उनका क्षेत्र दूसरा था, फिर बदल गया और पिछले कुछ महीनों से इधर के ज़िले उनके क्षेत्राधिकार में आ गए थे। वह इस ज़िले का दौरा करने और थानों का निरीक्षण करने आए थे। भोलानाथ को इस रिश्तेदारी का पता था। कभी ज़िक्र हुआ होगा और उन्होंने उसे अपने मस्तिष्क की मंजूषा में रख लिया था। ऐसी-वैसी बातों को वह वहाँ सुरक्षित रखते थे। उन्होंने ही इन डिप्टी इंस्पेक्टर जनरल के क्षेत्र बदलने की बात अख़बार में पढ़ी थी और फिर उनके चार्ज़ लेने की बात भी पढ़ी थी और इस सबकी सूचना महेश को दी थी। उनके दौरे पर आने की बात भी उन्होंने ही महेश को बताई थी और सलाह दी थी कि वह जाकर मामा जी से मिल आए।

महेश का कहना था कि वह बहुत बड़े आदमी हैं और उसके और उनके बीच में काफ़ी दूरी हो गई है। उसकी शादी में भी वह आए नहीं थे, न उसकी सास अर्थात् अपनी बहन की मौत में ही उन्होंने शिरकत की थी। बस, केवल एक कार्ड भेज दिया था। उसकी पत्नी के मामा की नज़र में अब उनके सगे-सम्बन्धी अपनी बहन, भांजी या चाचा वग़ैरह नहीं हैं, बल्कि ससुराल के रिश्ते के लोग हैं या फिर कुछ बड़े अफ़सर। फिर उसका उनसे मिलने का उद्‌देश्य क्या होगा? वह क्या बातचीत करेगा? इससे पहले उन्होंने उसे देखा तक नहीं है। वहाँ जाना क्या अपने स्वाभिमान को मारना न होगा?

—समझदारी की उम्र हो जाने पर भी नासमझी की बातें ठीक नहीं होती हैं, महेश। लोग ऐसी रिश्तेदारियों के लिए तरसते हैं और तुम यहाँ वैसी पाकर भी पीठ फेरे बैठे हो। अरे भई, वह तुम्हारे सगे ममिया ससुर होते हैं। तुम्हारे शहर में आए हैं। तुम्हारा क्या कर्तव्य नहीं हो जाता है कि तुम उनके पास जाओ?—भोलानाथ का लहज़ा अदालत में खड़े अपने मुवक्किल के पक्ष में दलील पेश करनेवाले एक कुशल वकील जैसा हो गया था।

—मेरा कुछ ऐसा स्वभाव बन गया है कि मैं अपने अफ़सर के भी बँगले पर बिना सरकारी काम के उसे सलाम करने नहीं जाता हूँ। मुझसे चापलूसी हो नहीं पाती।

—तो यह कौन-सा तुम्हारे लिए सेहतमन्द रहा? अरे, अपने अफ़सर से भी अजनबी रहकर नुकसान तुमने अपना ही किया है न किसी ग़ैर का। सीनियर बैठे रहते हैं और कुछ होते हैं कि उनको लाँघकर तरक़्क़ी पा जाते हैं। जहाँ पहुँचने में लोग बीस साल का वक़्त लेते हैं, वे वहाँ पाँच साल में जा पहुँचते हैं।—भोलानाथ हँस दिये, जैसे उन्होंने अपने कथन पर हँसी की कलगी लगाकर उसे प्रभावशाली बना दिया हो।

—मैं तो तुमको यही राय दूँगा।—वह फिर कहने लगे—मिलने में तुम्हारा फ़ायदा-ही-फ़ायदा है, जबकि नुकसान एक नुक़्ता-भर भी नहीं। क्या पता सम्बन्धों की कब किसे ज़रूरत पड़ जाए। तुम अपने ममिया ससुर से मिलोगे तो तुम्हारा अफ़सर भी जानेगा कि तुम किसी बड़े हाकिम के रिश्तेदार हो। वह तुम्हारा ध्यान रखेगा। ऐसे लोगों से मिलकर लोग अपनी इज़्ज़त बढ़ाते हैं।—महेश, मेरा कहना मानो और अपनी पत्नी को लेकर ज़रूर मिलने जाओ।—अन्त तक पहुँचते-पहुँचते जैसे उन्होंने उसको आदेश ही दे दिया था।

कल शाम फिर महेश राज़ी हो गया था। पत्नी भी ज़ोर दे रही थी। पत्नी एक तो दुनियादारी को मानती थी, दूसरे उसमें अपने सम्बन्धियों से मिलने की ललक भी थी। उसका यह सम्बन्धी एक बहुत महत्त्वपूर्ण व्यक्ति था, इसलिए उसमें यह ललक और भी तीव्र थी। कुछ लोग ऐसे होते हैं जिन्हें अपना छोटापन खटकता नहीं है। उसकी नोक उनके लिए घिस चुकी होती है, या फिर वहाँ संवेदनशीलता की परत ही कछुए की पीठ जैसी मोटी और ठस होती है। उसकी पत्नी कुछ ऐसी ही थी। महेश ने फिर सोचा, चलो हो आओ। ज़्यादा अव्यावहारिकता ठीक नहीं। और कुछ नहीं तो अनुभवों में एक अनुभव और जुड़ जाएगा। लेकिन कपड़े पहनते-पहनते वह ढीला पड़ गया था। अन्दर का ठंडा फिर गर्म हो गया। सोई हुई कचोट ने सिर उठा लिया। उसे लगा कि वह अपने साथ ज़बरदस्ती कर नहीं पाएगा।

—नहीं, मैं नहीं जाऊँगा।—उसने अपना इरादा ज़ाहिर कर दिया—मुझे ख़ामख़्वाह किसी से चिपकना अच्छा नहीं लगता।

पत्नी बिफर गई थी।

—तुमको मिलना हो तो अकेली जाकर मिल आओ। मैं रिक्शा कर दूँगा। उसकी मुद्रा न समझौतेवाली थी।

और आज भोलानाथ ने उससे यही सब फिर कहा था और अन्त तक पहुँचते-पहुँचते वैसा ही आदेश दे दिया था—महेश, मेरी बात मानो, ज़रूर मिलने जाओ।

शाम को जब वह दफ़्तर से लौटा तो भोलानाथ उसे गली के बाहर फिर मिल गए थे और उन्होंने फिर ज़ोर दिया कि वह घंटे, आध-घंटे बाद फ़ारिग़ होकर मिलने ज़रूर जाए। इनसान को अपने को ऊपर उठाने की कोशिश करनी ही चाहिए।

अँधेरा हल्का-हल्का फैल रहा था और महेश श्रीवास्तव अपनी पत्नी के साथ गेस्टहाउस के बाहर एक बेंच पर बैठा था। उसकी पत्नी के मामा अन्दर के कमरे में थे और वहाँ जो रोशनी जल रही थी उसका प्रकाश रोशनदान के शीशों और खिड़कियों की जाली से बाहर पीले चूरे-जैसा झर रहा था। चार सिपाहियों के साथ पुलिस का जो एक इंस्पेक्टर ड्यूटी पर था, उसने उससे आते-ही-आते कई सवाल कर दिये थे।

—वह क्यों मिलना चाहता है?

—सा'ब क्या उसकी बीवी के सगे मामा हैं?

—सा'ब ने यहाँ आने से पहले क्या उसे कोई लेटर भेजा था?

—सा'ब से मिलने का पहले से टाइम क्यों नहीं तय कर लिया?

—सा'ब से क्या वह कभी पहले मिल चुका है?

फिर उस इंस्पेक्टर ने मुँह से कुछ अतिरिक्त कोने बनाते हुए उसे सलाह दी थी कि वह एक काग़ज़ के पुर्ज़े पर अपना नाम लिख दे और अपना ही पेन और जेब में पड़ी नोटबुक में से एक चिट फाड़कर उसकी ओर बढ़ा दी थी। नाम लिख जाने पर उसने हाथ में थमे बेंत को पतलून पर थपथपाते

हुए कहा था, मिस्टर, आपको इन्तज़ार करना पड़ेगा। सा'ब अभी दस मिनट पहले ही दौरे से लौटे हैं।

धुएँ से काला हुआ आसमान नीचे खिसक आया था। महेश को बैठे-बैठे परेशानी हो रही थी। बेंच की लकड़ी जगह-ब-जगह गड़ रही थी। शायद नीचे दाईं जाँघ पर शायद पीठ में रीढ़ की बिचली गुरिया पर—शायद सीधी कोहनी के पास—। शायद—। उसने सोचा कि वहाँ से उठ जाए और इधर-उधर चहलक़दमी करे या गेट के पास चला जाए और वहाँ खड़ा हो और एक सिगरेट लेकर पिए। अन्दर जो एक रूँधापन है, वह सिगरेट पीते ही खुल जाएगा। पर वह उठा नहीं। उसे लगा कि उठना ठीक नहीं होगा। क्यों नहीं होगा, उसने इसका विश्लेषण नहीं किया। ठीक नहीं होगा, उसे ऐसा लगा और बस मान लिया। वह फिर घड़ी की ओर देखने लगा।

सामने वही इंस्पेक्टर खड़ा था और इस वक़्त बेंत को जूते की टो पर मार रहा था, कुछ यों कि हाथ में जब बेंत है तो उसका कुछ-न-कुछ इस्तेमाल होना ही चाहिए।

वह दो मिनट सोचता रहा कि पूछे या न पूछे और फिर उसने पूछ लिया कि क्या पर्चा अन्दर भेज दिया गया?

—अर्दली दे आया था।—इंस्पेक्टर ने पहले उसे सीधी नज़र गड़ाकर देखा, फिर उसकी पत्नी को और फिर उसे फिर, जैसे वह उनको पहली बार देख रहा हो, या जैसे कुछ शक हो जाने पर उनका नये सिरे से जायजा लिया जाना निहायत ज़रूरी हो गया हो।—आपकी बीवी के सा'ब क्या सगे मामा हैं?—'सगे' शब्द को ज़बान से कुछ ज़्यादा घिसते हुए उसने एक मिनट बाद पूछे हुए सवालों में से एक सवाल फिर पूछ लिया।

धुएँ से काला हुआ आसमान कुछ और नीचे खिसक आया था। उसने घड़ी की ओर फिर देखा। यह तो उसे ख़याल था कि वहाँ देर लग सकती है, पर यह ख़याल नहीं था कि देर इतनी ज़्यादा लग जाएगी। उसने अपने को कुरेदा कि वह वहाँ कितनी देर और रुक सकता है। पन्द्रह मिनट? नहीं यह कम है। इतने में भेंट नहीं हुई तब? बीस मिनट? नहीं, तीस मिनट? हाँ

इतना ठीक है। पर इससे ज़्यादा वह इन्तज़ार कर नहीं सकेगा। उसने निर्णय ले लिया और अपना रुख कड़ा बना लिया और चाहा कि पत्नी को बता दे कि वह ज़्यादा-से-ज़्यादा वहाँ उतने वक़्त और रुकेगा और भेंट नहीं होती है तो उठकर चल देगा। फिर उसने चाहा कि वह पत्नी को आगाह कर दे कि अन्दर से बुलावा अगर आता है तो बातचीत वही करेगी, वह चुप रहेगा, या जितना पूछा जाएगा बस उतने का ही वह जवाब देगा।

सर्राटे से दौड़ती वहाँ एक जीप आई, रुकी, गुर्राई और ख़ामोश हो गई। उसमें से सफ़ेद खादी का बन्द गले का कोट और उसी का पतलून पहने एक अधेड़ उतरा, जिसके चेहरे पर रोब-दाब, करारापन और वैसा सब कुछ था। वहाँ खड़े सिपाहियों और इंस्पेक्टर सबने उसे सैल्यूट किया और वह सैल्यूट को अनदेखा करता हुआ अन्दर चला गया।

दो सिपाहियों की बातचीत से उसने जाना कि वह कलक्टर था।

उसने शिद्दत से फिर महसूस किया कि बेंच की लकड़ी जगह-ब-जगह गड़ रही है। पर उठने को होता हुआ वह बैठा रहा और फिर जब उठा तो उसी जगह पर खड़ा रहा, जैसे सोच रहा हो कि उसे किधर जाना होगा। फिर दो मिनट बाद वह जिधर गया, उधर कुछ ही फ़ासले पर एक दीवार सामने निकल आई। वह वहाँ भी एक मिनट खड़ा सोचता रहा कि उसे अब किधर जाना चाहिए और जब कुछ समझ में न आया तो लौटकर बेंच पर उसी जगह पर फिर बैठ गया।

सामने पोर्टिको और बीच में बने गोल चबूतरे पर जो बल्ब जल गए थे, उनकी रोशनी इधर-उधर गिर रही थी, फूलों पर भी, और वे चमक रहे थे।

—यहाँ कितना साफ़-सुथरा रहता है! बिलकुल पार्क जैसा!—पत्नी ने कहा।

वह कुछ देर से अन्दर-ही-अन्दर महसूस कर रहा था कि उसे पत्नी पर ग़ुस्सा है। उसी ने ज़ोर देकर उसे यहाँ फँसा दिया। उसने पत्नी के कहे गए का कोई उत्तर नहीं दिया। उत्तर न देकर जैसे उसने अपना ग़ुस्सा प्रकट कर दिया।

दस-पन्द्रह मिनट बाद वहाँ एक दूसरी कार सर्राटे के साथ दौड़ती आ गई। वह भी रुकी, गुर्राई और ख़ामोश हो गई। उसमें से भी एक व्यक्ति उतरकर सीधा अन्दर चला गया और सिपाहियों की बातचीत से उसने फिर जाना कि वह मिलेटरी का कोई रिटायर्ड कर्नल बजाज है।

—अच्छे बेवक़ूफ़ों से बैठे हैं। तभी तो नहीं आता था। लेकिन मेरी कोई माने तब न!—वह पत्नी की ओर देखकर बुदबुदाया। वह कुछ और कहने जा रहा था, पर वह इंस्पेक्टर उसकी ओर ताकने लगा था और वह बुदबुदाहट दबा गया।

जब और कुछ समझ में न आया तब वह घड़ी की ओर देखने लगा। उस स्थिति में वह शायद बार-बार घड़ी की ओर ही देख सकता था।

पौन घंटे के बाद ही वे अन्दर जा सके थे। कुर्सी पड़ी होने पर भी पत्नी का मामा खड़ा था और सिगार पी रहा था। वे भी खड़े रहे। पत्नी अभिवादन में हाथ जोड़ते ही चेहरे पर मुस्कराहट ले आई थी। उसने भी अपने को नरम बनाने की कोशिश की।

—तुम यहाँ कब से हो?—जिस्म भरा होने के कारण मामा गठे लगते थे, हालाँकि थे नहीं। चेहरे पर मांस अधिक होने के कारण उनकी आँखें फूली हुई लगती थीं, हालाँकि थीं नहीं।

—मैं शादी के बाद शुरू से यहीं हूँ।—पत्नी चिकनी हँसी हँस दी। मामा के इस बारे में न जानने को उसने एक चुटकुले के रूप में लिया था।

—तुम क्या कर रहे हो?—मामा ने अपनी फूली हुई आँखें इस बार उसके चेहरे पर गड़ा दीं।

—नहर विभाग में सुपरवाइज़र हूँ।

मामा ने सिगार रगड़कर राखदानी में डाल दिया। फिर घड़ी की ओर देखा। फिर कालर को खड़ा कर टाई की नाट फँसाई। फिर आईने के सामने चले गए। फिर आईने में चेहरे का जायज़ा लेने लगे। फिर खड़े कालर को बैठा लिया और टाई की नाट को अन्तिम रूप दे दिया। फिर घूमकर खड़े हो गए। फिर कहा, ठीक है। मुझे अब क्लब जाना है।

जब पत्नी ने कहा कि वह उसके घर आएँ, तब भी उन्होंने सिर्फ़ "ठीक है" कहा और बग़ल के बाथरूम में घुस गए।

वापस आते हुए महेश श्रीवास्तव अपने को घसीट रहा था। उसे बराबर ऐसा लग रहा था कि वह किसी जगह से कान पकड़कर निकाला गया है। पत्नी ने कुछ कहा था। वह झल्ला गया था और उसे एक भद्दी गाली दे दी थी। फिर वह चुप-चुप ऐंठी हुई मुद्रा लिये चलने लगा था, जैसे उसके एक अंग को लकवा मार गया हो और वह उसे घसीटने के लिए लाचार हो।

# चार

चार भी बजा हो सकता था और कुछ कम भी। घड़ी वहाँ थी नहीं। रात किसी क़दर बाक़ी थी। बाहर अँधेरा और ख़ामोशी थी। आकाश की स्थिति के बारे में भी कुछ बताया नहीं जा सकता था। चाँद वहाँ था या नहीं, सितारे भी। दरअसल आकाश वहाँ से दिखाई नहीं देता था। कोठरी तंग थी, पुराने ढंग के सिले हुए कोट की भीतरी जेब-जैसी।

कोठरी में एक लैम्प जल रहा था, जिससे फीका पनीला-सा उजाला फैल रहा था और किसी दुखान्त नाटक के यथार्थवादी सेट जैसा आभास दे रहा था। दीवारों से सामान टिका रखा था—एक टीन का बक्स और एक लकड़ी का—एक डोलनुमा ड्रम-टीन की चादर—खजूर की लिपटी हुई चटाई—टाट से बँधे हुए दो पुलिन्दे—एक नंगी चारपाई—जिस ओर ख़ाली हिस्सा था, वहाँ एक छोटी मेज़ पड़ी थी। मेज़ पर किताब, कापियों का जमघट था। एक लोहे की कुर्सी भी पड़ी थी। कुर्सी पर एक लड़का बैठा था, जो किसी सामान की तरह लग भी रहा था और नहीं भी। सामान की तरह लग रहा था अपने मोटे, गलमीज़े कपड़ों के कारण और नहीं लग रहा था अपनी आँखों की गतिशील चमक की वजह से। लड़के

की उम्र अट्ठारह-उन्नीस की होगी, जो उसकी मूँछ के गहरे हो रहे बालों से मालूम होती थी, अन्यथा उसके चेहरे पर कच्चापन ही था, यहाँ तक कि पुतलियों की चमक में भी। चेहरे की ज़िल्द पीलापन लिये हुए चिकनी थी। बाढ़ में होने के कारण जिस्म खुल और फैल रहा था और हाथ-पैर लमक चले थे। लड़का पढ़ने में रमा हुआ था। सामने एक पुस्तक खुली रखी थी। वह पाठ पढ़ रहा था और धीरे-धीरे अर्थ बाँच रहा था। ओंठ एक समान गति से हिल रहे थे, जैसे वह किसी चीज़ को आहिस्ता-आहिस्ता रुचि से निगल रहा हो। कोठरी के एक बिल में से आगे-पीछे दो चूहे निकले थे और फ़र्श पर एक दौड़ लगाकर बिल में वापस चले गए थे। लड़के ने अपनी तल्लीनता में उनका नोटिस नहीं लिया था।

लड़के को एक स्थल पर कुछ दिक्कत महसूस हुई। लड़का कुछ देर जूझता रहा, जैसे वह किसी गाँठ को तराश रहा हो। दिक्कत दूर हो गई थी और उसकी मुद्रा सरल और सहज हो गई।

कुछ देर बाद लड़का उतनी ही तल्लीनता से समाजशास्त्र की एक तालिका तैयार करने लगा।

वह लड़का जब आठवें दर्जे में था तो जूनियर हाई स्कूल बोर्ड की परीक्षा में पूरे ज़िले में सर्वप्रथम आया था।

आठवें दर्जे में भाषा के एक मास्टर जी थे। वह खद्दर के ढीले-ढाले कपड़े पहनते थे। उनके सिर के बाल बहुत छोटे-छोटे थे, नरम कम्बल की सतह जैसे। चेहरे पर हरदम एक स्निग्ध आभा बनी रहती थी। वह किसी निष्ठावान आर्यसमाजी जैसे दीखते थे। कहा जाता था कि सन् 42 के आन्दोलन में वह जेल गए थे। उस समय वह एक विद्यार्थी ही थे। वह अपना पाठ, विशेषकर पद्य, अति उत्साह के साथ और गहरे डूबकर पढ़ाते थे। वह काव्य-पंक्तियों की व्याख्या करते हुए शाब्दिक अर्थों तक ही सीमित नहीं रह जाते थे, वरन् उसको असीमित विस्तार दे देते थे—

*विचार लो कि मर्त्य हो, न मृत्यु से डरो कभी।*
*मरो, परन्तु यों मरो कि याद जो करें सभी॥*

"बच्चो! कवि कहता है कि मनुष्य ने जब जन्म लिया है तो एक दिन वह अवश्य मरेगा भी। मानव देह नाशवान है। मृत्यु से इसलिए डरना नहीं चाहिए। मौत इक बार जब आना है तो डरना क्या है, हम सदा खेल ही समझा किये मरना क्या है। बच्चो! मौत को खेल भगतसिंह ने समझा था। चन्द्रशेखर आज़ाद ने समझा था। गांधी जी ने समझा था। इसलिए ये मर्त्य होकर भी अमर्त्य हो गए। प्यारे बच्चो! जो भी व्यक्ति सत्कर्मों का अमृत पी लेता है, वह अमर हो जाता है।"

मास्टर जी पुस्तक बन्द कर देते। वह मुस्कराते। उनकी आँखों में जैसे धूप भर जाती। उनके दाँत मक्के के दाने की तरह चमकने लगते—अच्छा बच्चो, बताओ, तुम क्या बनना चाहते हो?

वह आगे की सीट पर बैठे एक विद्यार्थी की ओर अँगुली उठा देते।

—मैं अध्यापक बनूँगा।

—तुम?

—वह दूसरे की ओर संकेत करते।

—मैं सेना में जाऊँगा।

—तुम?

—मैं अपने पिता की व्यवसाय में सहायता करूँगा।

—तुम?

—मैं बैंक का मैनेजर बनूँगा।

—और तुम?—उन्होंने अब उस लड़के से पूछा। उसका नाम रामदास था।

—मैं-मैं।—लड़का थोड़ा-सा शरमाया—मैंने अभी निश्चय नहीं किया है।

—निश्चय नहीं किया है तो कोई हानि नहीं। अभी समय निकला नहीं है। दो-तीन वर्ष में तुम निश्चय कर सकते हो।

—मास्टर जी! मुझे क्या बनना चाहिए?—उस लड़के की प्रारम्भिक झिझक जैसे गल गई।

—बेटे, उत्तम यही है कि इसका निर्णय तुम स्वयं लो। पर जो निर्णय लो, विवेकपूर्वक और दृढ़ता से। महत्त्व यह नहीं रखता कि मनुष्य किस क्षेत्र में जाए। महत्त्व यह रखता है कि वह जिस क्षेत्र में भी जाए, उसमें अपनी ईमानदारी, लगन, अध्यवसाय और सूझ-बूझ से एक आदर्श स्थापित करे। मास्टर जी का चेहरा कोमल कान्ति से दमकने लगता, जैसे घी-कपूर की आरती की चमक ताम्र-कलश पर पड़ रही हो—मोहनदास कर्मचन्द गांधी, जवाहरलाल नेहरू, घनश्यामदास बिड़ला, जमशेद जी टाटा, प्रेमचन्द, रवीन्द्रनाथ ठाकुर, जनरल करिप्पा, जगदीश चन्द्र बसु, महर्षि दयानन्द, विवेकानन्द—अपने-अपने क्षेत्रों में सबने एक मानदंड स्थापित किया। बच्चो! तुम सबमें बड़ी-बड़ी सम्भावनाएँ छिपी हैं। तुम बीज हो। तुममें से कोई भी विशेष और अति महत्त्वपूर्ण बन सकता है।

हाईस्कूल में इस लड़के रामदास की प्रथम श्रेणी तो आई ही थी, उसे चार विषयों में विशेष योग्यता भी मिली और पाँचवें विषय अंग्रेज़ी में भी वह केवल एक ही अंक से रुक गई थी, यानी उसने पचहत्तर की बजाय चौहत्तर अंक पाए थे। उसका नाम मेरिट लिस्ट में निकला था और वह राष्ट्रीय छात्रवृत्ति का अधिकारी हो गया था। आस-पड़ोस और दूर-दराज़ जिसने सुना या उसके प्राप्तांक देखे, उसने खुले मन से वाह-वाह की और उसके पिता पूरनदास के भाग्य को सराहा कि उसने ऐसा पढ़ाकू और होनहार बेटा पाया है। अफ़सरों और सेठों के बेटे तीन-तीन प्राइवेट ट्यूटर रखकर भी अपनी डिवीज़न नहीं बना पाते हैं और पूरनदास के बेटे ने, जिसका दिशा-निर्देशन करनेवाला तक कोई नहीं था और जिसके पास कोर्स की अपनी पूरी किताबें भी नहीं थीं, उसने इतने ऊँचे नम्बर पा लिये।

पूरनदास कहार था और फ़सल के लिहाज़ से चिंघाड़ा या लाल कच्ची मिर्च या मूँगफली का ठेला लगाकर अपने परिवार को परिवार की शक्ल दिये हुए था। इसलिए उसका बेटा सराह और शाबाशी का हक़दार और भी ज़्यादा था। वह पुस्तकालय से पुस्तकें जारी करा लेता था या फिर इधर-उधर अध्यापकों और पुराने विद्यार्थियों से माँग लाता था।

उसे घर के काम भी करने होते थे, मसलन राशन की दूकान से गल्ला, चीनी और तेल लाना, चक्की पर पिसावन पिसाना, लकड़ी फाड़ना, कपड़े धोना और इस्त्री करना जैसे, जैरो। पर वे सब उसकी पढ़ाई के रास्ते में गुच्ची-गड्ढे नहीं बनते थे।

इंटर में भी उसकी प्रथम श्रेणी आई थी और तीनों विषयों में उसे विशेष योग्यता मिली।

अब वह बी. ए. के पहले साल में था।

दस-ग्यारह बजे के क़रीब भोलानाथ अख़बार लेकर बाहर निकले। वह मकानों की पिछली क़तार की तरफ़ गए जो सौ क़दम पर थी। वह एक मकान के सामने रुक गए और आवाज़ दी—पूरनदास—पूरनदास—!

पूरनदास घर पर ही था और बाज़ार जाने की तैयारी कर रहा था। वह बाहर निकल आया और भोलानाथ को देखकर अचकचाया—सुपरटंडन साब, आप! सलाम।

—सलाम! मैं तेरे लिए एक ख़ुशख़बरी लाया हूँ। रामदास के लिए मैंने एक बहुत अच्छी नौकरी खोजी है।—भोलानाथ ने मुड़ा हुआ अख़बार फैला लिया। एक विज्ञापन पर उन्होंने पेंसिल से निशान लगा रखा था। वह उसका खुलासा बतलाने लगे कि एक अच्छे नामी बैंक में बाबुओं की जगह निकली है और जिन उम्मीदवारों के दसवें दर्जे में 70 फीसदी नम्बर होंगे और हाथ की लिखावट अच्छी होगी, वे बिना किसी लिखित परीक्षा के इंटरव्यू में बुला लिये जाएँगे और ठीक पाए जाने पर चुन लिये जाएँगे। ऐसे चुने हुए उम्मीदवारों को शुरू में सब मिलाकर तीन सौ बीस रुपये मिलेंगे। बाद में फिर सालाना तरक़्क़ी है और निचला स्केल साढ़े पाँच सौ तक जाता है। खुलासा बता चुकने पर भोलानाथ ने कहा कि रामदास के लिए यह एक सुनहरा मौक़ा है। नौकरी के लिए अब उसकी उम्र हो गई है और यह बहुत अच्छी जगह है। बैंक की नौकरी के लिए लोग आजकल तरसते हैं।

—सुपरटंडन साब! लेकिन रामू तो अभी बी. ए. कर रहा है।—पूरनदास अपनी रोंएँ गिरी पलकें झपझपाता हुआ बोला।

—बी. ए. कर जो उसे नौकरी मिलती, वह अभी मिली जा रही है।

पूरनदास ने अपनी रोंएँ गिरी पलकें फिर झपझपाईं। सर्दी की शिकायत होने के कारण वह दो बार खाँसा भी और फिर बलगम घुटकता हुआ ज़बान दबाकर बोला—बी. ए. करने पर रामू को कोई बड़ी नौकरी मिल जाएगी, अफ़सरी की। वह वकालत पढ़ने को कहता है।

—नादानी न करो। आदमी को वहाँ तक नज़र दौड़ाना चाहिए जहाँ तक कूबत है। हवा में उड़ने के लिए उलझनेवाला इनसान मुँह भड़ाक गिर जाता है।—भोलानाथ ने समझाने के स्वर को झिड़की की सान पर पैना कर लिया था—वकालत ज़रूरी नहीं है कि चल जाए। फिर ख़र्चा कितना है? बाहर जाकर तीन साल पढ़ना होगा। तुम्हारे और भी दो लड़के हैं जिनका तुमको ख़याल रखना है। अपने जिस्म को देखो। साँस के मरीज़ हो। भगवान न करे कुछ उल्टा-सीधा हो जाए।

भोलानाथ ने अब अपनी सीधी नज़र से पूरनदास के चेहरे को पकड़ लिया—आदमी को सीढ़ी-दर-सीढ़ी चढ़ना चाहिए। तुमसे ऊँचा रामदास गया और रामदास से ऊँचे उसके बच्चे जाएँगे।—भोलानाथ बारीक-सा हँस दिये। वैसा हँसकर जैसे उन्होंने अपनी बात में एक सुनहरी डोर डालकर उसकी क़ीमत बढ़ा दी और ख़ुद भी क़ीमती हो गए।

—मैं कुछ जानता-बूझता नहीं। बेपढ़ा-लिखा पशु हूँ।—पूरनदास सिटपिटा गया और रोंएँ गिरी पलकें झपझपाते हुए दोनों हाथ जोड़ दिये—आपने रामू का हित देखा होगा, तभी मुझ ग़रीब की देहरी पर बताने आए। रामू कॉलेज से आ जाए। उसको लेकर आपके चरनों में हाज़िर हूँगा।

चार बजे के क़रीब पूरनदास रामदास को भोलानाथ की बैठक में पहुँचा गया।

रामदास शर्मीला और संकोची होने के कारण अपने में सिकुड़ा-सिमटा हुआ था। उसकी निगाह उठ-उठकर गिर जाती थी। वह उस नई कच्ची टहनी जैसा दीख रहा था जो अपना भार सम्हाल न सकने के कारण कुछ लचक गई

हो। उसने पहले बी. ए. कर लेने की बात कही। कहते हुए उसकी आवाज़ काग़ज़ की फड़फड़ाहट जैसी धीमी थी।

भोलानाथ ने समझाया कि नौकरी बहुत अच्छी है और वही सब दलीलें दीं।

रामदास आँख नीचे किये उन दलीलों को चुपचाप सुनता रहा। उसके चेहरे पर पसीना झिलमिला आया था, जैसे कोई नया पत्ता ओस से भीग गया हो।

—तुमने तो पढ़ा होगा कि इनसान की ज़िन्दगी के दरवाज़े पर अवसर केवल दो-एक बार साँकल खटखटाता है। जो समझदार होते हैं, वे उस साँकल की आवाज़ को सुन लेते हैं और द्वार खोलकर अवसर का स्वागत करते हैं।—भोलानाथ ने यह कहकर यों देखा, जैसे उन्होंने कोई सूक्ति बोली हो और उन्हें उसकी सराहना मिलनी चाहिए या फिर यह जानना चाहा हो कि उनके ज्ञान-आगार की विशालता से सामनेवाला कितना अभिभूत है।

रामदास ने चिकनी, नरम पलकें उठाईं और गिरा लीं। उसकी मूँछ की ऊपरी कग़ार पर भी पसीना उभर आया था।

—आज जब अख़बार पढ़ते हुए मेरी निगाह इस एडवरटाइजमेंट पर गई तो मेरे दिमाग़ में फ़ौरन तुम्हारा नाम आया। यह जाब तुम्हारे लिए बहुत अच्छी है। यों समझो, गोल्डेन डिश।—भोलानाथ ने यह कहकर फिर देखा, जैसे फिर जानना चाहा हो कि गोल्डेन डिश के मुहावरे का सामनेवाले पर क्या असर पड़ा है।

—आप जैसा आदेश देंगे मैं उसका पालन करूँगा।—रामदास की आवाज़ बीच में दो जगह टूटी थी।

—बेटे, तुम बहुत समझदार हो और हमेशा मज़ा करोगे।—भोलानाथ ने उसकी विनम्रता से गद्‌गद होते हुए पहले उसके सिर पर हाथ फेरा, फिर गर्दन के नीचे ले जाते हुए पीठ थपथपा दी।

चाय के लिए अन्दर से पोता पूछने आया था और भोलानाथ ने एक प्याला और भेजने के लिए कह दिया।

—लो पिओ। तुम होनहार हो, मैं तुमसे बहुत प्रसन्न हूँ।—चाय आ जाने पर उन्होंने प्याला उसकी ओर प्यार से बढ़ा दिया—पिओ बेटे, इतना संकोच नहीं करते।

चाय पी चुकी जाने पर उन्होंने कहा—लाओ, तुमको एप्लीकेशन लिखवा दूँ।

—मैं लिख लूँगा!

अल्मारी के एक ख़ाने में स्टेशनरी का ज़रूरी सामान रखा रहता था, संकट काल के लिए डॉक्टर के फ़र्स्ट एड के बाक्स जैसा। उन्होंने उसे खोलकर एक सफ़ेद काग़ज़ निकाल लिया, पैन निकाल लिया और नीचे रखने के लिए तख़्ती निकाल ली।

—लो लिखो। जनरल मैनेजर को इस पते पर एड्रेस होगी।—उन्होंने रामदास के सामने अख़बार का वह भाग भी खोलकर रख दिया।

रामदास ने सधे हाथों से आवेदन-पत्र लिख दिया।

—यह एकदम सही है। वाह, बहुत ख़ूब। तुम सच में बहुत इंटेलीजेंट हो।—भोलानाथ में जैसे ख़ुशी का उफ़ान आ गया—तुम्हारा राइटिंग भी ए वन है। तुम यकीनन चुन लिये जाओगे। न लिये जाने का तुम्हारे साथ कोई सवाल ही नहीं जुड़ता।

शाम के समय भोलानाथ घूमने निकले थे। उन्होंने उचित समझा कि रामदास को अपनी दरख़ास्त के साथ भेजने के लिए जो दो नेकचलनी के सर्टिफिकेट चाहिए होंगे, वे उसको अभी दिला दें। एक वैसा सर्टिफिकेट वह तहसीलदार साहब से दिलवा सकते थे और एक अपने सुपरिचित एम. एल.ए. से या फिर सरकारी वकील से, जो मैरिज़ आफ़िसर का पद भी ग्रहण किये हुए था।

रास्ते में उन्होंने रामदास से फिर कहा कि वह बहुत होनहार है और निश्चय ही चुन लिया जाएगा।

और सच में वह चुन लिया गया। लगभग छह हफ़्ते बाद वह इंटरव्यू के लिए बुलाया गया और उसकी तैनाती हो गई।

# पाँच

पुक पुक-उक—पुक पुक-उक—पुक पुक-उक—।

सरदार तेजासिंह की चक्की चलने लगी थी।

तेजासिंह के पास काफ़ी काम रहता था। उसने आटा बेचनेवाले कुछ दूकानदारों तथा एक ठेकेदार को साँठ-गाँठ रखा था। इसलिए सुबह से ही उसकी चक्की चालू हो जाती और हवा में आवाज़ की चरखी घूमने लगती थी, जिसकी तेज़ नोकें होतीं—पुक पुक-उक—पुक पुक-उक—पुक पुक-उक—।

सुदामाप्रसाद के घर के पीछे जगह ख़ाली पड़ी थी। दरअसल पीछे की ओर एक सिदरी थी और लम्बा सहन। सिदरी की हालत ख़स्ता हो गई थी और इस्तेमाल में न आती थी, सिवाय इसके कि जाड़ों में धूप में घर की औरतें या सुदामाप्रसाद के बूढ़े पिता बैठ जाएँ और बदन सेंकें और गर्मियों की रात में खुले में सोएँ।

तेजासिंह पास के एक-दूसरे मोहल्ले में रहता था। वह पहले मोटर के पुर्ज़ों की दूकान भाई की साझेदारी में करता था। दूकान छोटी थी और इतनी

आमदनी नहीं बन पाती थी कि दो परिवारों का ख़र्चा उठाया जा सके। इसलिए तेजासिंह ने स्वतंत्र रूप से अपना काम अलग करना चाहा। उसने कई कामों पर नज़र गड़ाई और फिर चक्की का काम उसके दिल में उतर गया। और कुछ नहीं तो उसमें दोनों जून पेट भरने लायक़ आटा मिलने की गारंटी तो थी ही। पहले उसकी कोशिश यह थी कि उसे बाज़ार में उस लायक़ कोई जगह मिल जाए। पर वहाँ मिली नहीं। तब उसने यह जगह पसन्द कर ली। यह जगह बाज़ार से बहुत फ़ासले पर नहीं थी और ज़्यादा बेमौजू भी नहीं। और अब तो यह साबित हो ही गया था कि उसकी पसन्दगी सोलह आने सही थी।

सुदामाप्रसाद ने भोलानाथ से पूछा था।

—दे दो, बीस रुपये किराया कम भी नहीं है।

—पर लाला (बाप) को एतराज़ है। वह कहते हैं तब पीछे की ओर खुलनेवाले किवाड़ बराबर बन्द रहेंगे।

—बन्द रहेंगे तो कौन-सा बड़ा नुकसान है।—भोलानाथ ने समझाने वाला लहज़ा पकड़ लिया—भई, जब कुछ तकलीफ़ उठाओगे तभी फ़ायदा लूटोगे! बीस रुपये का मतलब है साल में दो सौ चालीस, यों समझो ढाई सौ रुपये, और चार साल में हज़ार रुपये। फिर चक्कीवाला बेचारा लेसपोत भी कराएगा।

बात सुदामाप्रसाद की समझ में गड़ गई, बल्कि कुछ ज़्यादा गहरी ही। चार साल क्यों, अगर आठ साल चक्की लगी रही तो दो हज़ार रुपये बन जाते हैं। एक लड़की की शादी का इन्तज़ाम तब मज़े में हो सकता है। उन्होंने तेजासिंह को ज़मीन दे दी। तेजासिंह ने पीछे चहारदीवारी में एक दरवाज़ा फोड़कर रास्ता बना लिया और कुछ टीनें डलवाकर खुले को पटवा लिया और चक्की चालू कर दी।

चक्की जब चला करती तो हवा में आवाज़ की चरखी घूमती, जिसमें तेज़ नोकें होतीं—पुक पुक-उक—पुक पुक-उक—पुक पुक-उक—।

समय था और भोलानाथ अपने पोते को पढ़ाने लगे।

पोता विज्ञान की कोई बाल-पुस्तक लाया था, जिसमें नव-आविष्कारों की कहानियाँ थीं। पोता आठ साल का था और उसमें बालसुलभ जिज्ञासा थी। उसने आकर पूछा, बाबा, राकेट क्या हवाई जहाज़ होता है?

—हाँ, कुछ वैसा ही होता है।

—बाबा, क्या उसमें भी आदमी बैठते हैं और वह लन्दन, अमरीका तक उड़ता है?

—तेरे पास कौन-सी किताब है? स्कूल की?—भोलानाथ ने सवाल के जवाब में सवाल जड़ दिया।

—राजीव इसे पढ़ रहा था। मैं ले आया। राजीव बोला यह बहुत अच्छी है।

भोलानाथ ने किताब ले ली। देखी और बन्द कर दी।—जाओ, अंग्रेज़ी की रीडर लाओ।

पोता अन्दर गया और रीडर ले आया।

—सिट आन दैट चेयर।—उन्होंने अंग्रेज़ी में आदेश दिया और पोता सामने कुर्सी पर बैठ गया।

—आई एम आलसो सिटिंग आन दिस चेयर।—वह ख़ुद एक दूसरी कुर्सी पर बैठ गए।

—कीप योर बुक आन द टेबिल।

पोते ने हाथ की किताब मेज़ पर रख दी।

भोलानाथ ने किताब अपनी ओर बढ़ाकर खोल ली और अगले पाठ के कठिन और नये शब्दों के अर्थ बताने लगे—डब्लू इ ए एल टी एच—व्हेल्थ। व्हेल्थ मायने : दौलत, धन। पी ओ डब्लू इ आर—पावर। पावर मायने : ताक़त, शक्ति। जी आर इ ए टी—ग्रेट। ग्रेट मायने : बड़ा, महान। एच ओ एन ओ यू आर—आनर। आनर मायने : इज़्ज़त, सम्मान। जी ए आर एम इ एन टी—गारमेंट। गारमेंट मायने : सिली हुई पोशाक, पहने जानेवाले वस्त्र।

—बाबा, क्या आदमी सचमुच चाँद पर पहुँच गया?

—बी अटेंटिव। ध्यान किधर है? किताब पर नज़र रखो।—भोलानाथ ने झिड़का और अपनी अँगुली लिखे हुए वाक्यों पर फिराई—गोपाल राम आलवेज़ वीयर्स क्लीन गारमेंट्स। गोपाल राम हमेशा साफ़ वस्त्र पहनता है। गोपाल राम आलवेज़ कीप्स हिज़ ऑनर हाई। गोपाल राम हमेशा अपनी इज़्ज़त ऊँची रखता है।

—बाबा, क्या चाँद पर घर हैं?

—ध्यान नहीं दे रहा? आई विल पनिश यू। मैं तुम्हें सज़ा दूँगा। व्हेल्थ मायने? बताओ। बताओ। भूल गए?—बेटे, यह ठीक नहीं। फिर ध्यान से सुनो। डब्लू इ ए एल टी एच—व्हेल्थ। व्हेल्थ मायने : दौलत, धन। पी ओ डब्लू इ आर—पावर। पावर मायने : ताक़त, शक्ति। जी आर इ ए टी—ग्रेट। ग्रेट मायने : बड़ा, महान। एच ओ एन ओ यू आर—आनर। आनर मायने: इज़्ज़त, सम्मान।

भोलानाथ की बैठक में मुरलीधर आ गया। वह खद्दर का साफ़ कुर्ता और पैजामा पहने हुए था और पैरों में गांधी आश्रम की पालिश की हुई चप्पल थी। उसकी उम्र तीसेक की होगी, पर चेहरे पर एक बच्चे जैसा भोलापन और कोमलता थी। दरअसल उसे देखकर हमेशा यह लगता था कि वह अभी-अभी नहाकर आया है। उसने शादी नहीं की थी और भाई के साथ रहता था, जिनका प्रेस था। वह प्रेस को जाता, पर वहाँ कुछ ही देर बैठकर चला आता और फिर मस्तिष्क के करघे पर विचारों का ताना-बाना फैलाकर योजनाएँ बुना करता था। उसमें आत्मविश्वास की कमी थी और इसलिए वह इन योजनाओं के थानों को मंडी में ले जाने से पहले उस्तादों से परखवा लेना ज़रूरी समझता था। शायद हर ऐसे व्यक्ति की यही नियति होती है। लोग उसे मसखरी में नेताजी या योजना-मंत्री जी कहते थे।

मुरलीधर इस समय भी योजना का एक थान लेकर उस्ताद भोलानाथ से परखवाने आया था।

—ताऊ जी।—वह मोहल्ले के रिश्ते से भोलानाथ को ताऊ जी कहता था—मेरे मस्तिष्क में एक विचार है। यहाँ एक छोटा-सा पुस्तकालय खोला जाए।—उसने थान का कपड़ा सामने फैला दिया।

—चौक में तो गांधी लाइब्रेरी है ही।—भोलानाथ ने एक धागा खींच लिया।

—है, पर अपने मोहल्ले में अपना होना चाहिए। उसमें मेरा विचार है कि गांधी जी, नेहरू जी, विनोबा भावे जी, स्वामी दयानन्द, स्वामी विवेकानन्द आदि जैसे नेताओं तथा महापुरुषों का साहित्य रहे। ऐसा साहित्य—।

—इसके लिए बिल्डिंग चाहिए, फिर एक लाइब्रेरियन।—भोलानाथ ने कुछ दबाया और उनके हाथ में थान में से एक फुचड़ा नुच आया।

—किसी से कहा जाएगा कि वह अपनी बाहरी बैठक या एक कमरा इस सत्कार्य के लिए दे दे। सदस्यों से कहा जाएगा कि वे बारी-बारी से महीने में एक दिन पुस्तकालय का कार्य करें।—मुरलीधर ने थान को कुछ और खोल दिया। कपड़े को ऊपर भी देख लिया जाए।—नगरपालिका से कहा जाएगा कि वह कुछ आर्थिक अनुदान दे। फिर राज्य सरकार को लिखा जाएगा कि—।

—भई, मेरी समझ में यह सब झमेला है और कुछ होने का नहीं। कोई अपना कमरा ख़ामख़्वाह क्यों फँसाने बैठा? लोगों के पास इतनी फ़ुरसत नहीं है कि लाइब्रेरी में आकर ड्यूटी दें। फिर पढ़ने के शौकीन लोगों के लिए चौक में लाइब्रेरी है ही। उस्ताद ने अपना फ़ैसला दे दिया—यह कपड़ा-वपड़ा कुछ नहीं है। बस, आड़े-बेड़े तागे फँसा दिये गए हैं।

मुरलीधर उदास हो गया। चेहरे पर जैसे कुछ नरम-सा था और वह दरक गया।

—तुम प्रेस का काम नहीं देखते?

—प्रेस जाता हूँ।

—हाँ, जाया करो और कारीगरों पर निगरानी सख़्त रखो।—उस्ताद ने जैसे उसे बता दिया कि उसके लिए सही काम क्या है।

दो महीने पहले बाढ़-पीड़ितों की सहायतार्थ तीन-चार कार्यकर्ताओं की एक टोली चन्दा जमा कर रही थी। असम की तरफ़ भयंकर बाढ़ आई थी और

बेतहाशा तबाही हुई थी। प्रधानमंत्री ने देशवासियों से सहायता कार्य में सहयोग देने के लिए अपील की थी। इस मोहल्ले में जब वह टोली आई तो मुरलीधर भी उसमें ललककर शामिल हो गया था। भोलानाथ ने उसको अकेले में बुलाकर पूछा था—तुम इन लोगों को जानते हो?

—नहीं तो।

—तब तुमने इन पर विश्वास कैसे कर लिया?

—ताऊ जी, पत्थर पर विश्वास कर उसे भगवान मान लिया जाता है और हाड़-मांस के मनुष्य पर विश्वास न किया जाए? मनुष्य पर विश्वास करना ही चाहिए। फिर ये समाजसेवी लोग हैं। रुपया देनेवालों को ये छपी हुई रसीद भी देते हैं।—मुरलीधर एक बालक जैसे निश्छल स्वर में बोला था।

—रसीद तो चन्दे के नाम पर कोई भी छपवा सकता है। लाओ मैं छपवा लूँ। सुरक्षा कोष तक का चन्दा यार लोग डकार गए।—भोलानाथ का स्वर किसी को ख़तरे से आगाह कर देने जैसा हो गया—बनानेवालों ने अब इसको भी धन्धा बना लिया है। बच्चू बदनाम तो होगे ही, किसी गोल-माल में पकड़े जाने पर अगर पुलिस ने इन लोगों पर केस चलाया तो चक्कर में तुम भी आ जाओगे।

मुरलीधर के चेहरे पर उस समय भी कुछ नरम-सा दरक गया था।

भोलानाथ की बैठक में दो अन्य व्यक्ति आ गए थे। एक के बालों में जगह-ब-जगह मकड़ी के जाले जैसी सफ़ेदी लथड़ी हुई थी, जबकि दूसरे के बाल चमक लिये हुए स्याह थे। उन दोनों के नाक-नक्श में काफ़ी अन्तर था, पर रिश्ते में वे क़रीब थे, यानी चचा-भतीजे।

चचा ने भोलानाथ को बताया कि भतीजा ख़ामख़्वाह एक झंझट में पैर फँसा रहा है, वह मना कर रहा है, पर बात अभी उसकी अक़्ल में गड़ नहीं रही है और वह उसको उस झंझट के दलदल में धँसने से रोकें।

बात यों थी। एक व्यक्ति जायदाद के मामले में अपने पड़ोसी को दबाना चाहता था। उस व्यक्ति ने पड़ोसी की ख़ाली पड़ी हुई जगह पर रातोरात ज़बरदस्ती पुरानी ईंटें बिछवा दी थीं और उन पुरानी ईंटों के आधार पर उस

ज़मीन पर अपना हक़ साबित करना चाहता था। भतीजा इन सारे तथ्यों से सुपरिचित था। दरअसल वह भतीजा उस व्यक्ति का सम्बन्धी था और अक्सर वहाँ आता-जाता था। भतीजे ने झगड़ा उठ खड़ा होने पर यह ज़ाहिर कर दिया था कि ज़्यादती उसके सम्बन्धी की है। पड़ोसी मामला अदालत में ले गया था और भतीजे को गवाही में तलब कर लिया था। उस सम्बन्धी ने चचा पर ज़ोर डाला था कि वह भतीजे को गवाही में जाने से रोके।

—ठीक है कि यह सही बात कहेगा। पर रिश्तेदारी का मामला है और यह समझता नहीं।—चचा ने कहा।

भोलानाथ ने भी बात कुछ वैसी ही कही, पर अपने ढंग से—तुम यह करो कि किसी भी तरफ़ से गवाही न दो। तटस्थ रहो।

—लेकिन उसके साथ यह सरासर ज़्यादती होगी।—भतीजा कुनमुनाया।

—यह आदमी भी सीधा नहीं है। इसका अपनी भावज से नाजायज़ ताल्लुक़ था—चचा ने अपने पक्ष को मज़बूत बनाया।

—ताल्लुक़ होगा तो उससे फ़र्क़ क्या पड़ता है?—भतीजे ने प्रतिवाद किया।

—क्यों नहीं पड़ता है? गिरा हुआ आदमी है। अगर ऐसे आदमी की किसी ने दो-चार गज़ ज़मीन दबा ली तो उसने कौन-सी गाय काट डाली—चचा ने हुक्के जैसी बुदबुदाहट की।

—देखो, वह तुम्हारे रिश्तेदार हैं। रिश्तेदारी का मामला न होता तो मैं कभी मना नहीं करता।—भोलानाथ ने भतीजे को नरमी की आँच से मुलायम किया—तुम उस आदमी से माफ़ी माँग लेना और कहना कि दिल से तुम उसके साथ हो, पर खुलकर उसकी मदद पर आ नहीं सकते। यह भी कहना कि वह किसी और से गवाही दिलवा दे।

—वह हार गया तो उसके साथ बहुत बड़ा अन्याय होगा।—भतीजा असहायता से छटपटाया।

—तुम्हारे गवाही देने पर भी तो वह हार सकता है। कौन-सी गारंटी है कि तुम्हारी गवाही मान ली जाए?—भोलानाथ ने नरम हुए को पिघलाने के

लिए इस बार तर्क की आग दिखाई—कभी-कभी जीती मक्खी भी निगलनी पड़ती है। धर्मनिष्ठ युधिष्ठिर को भी असत्य बोलना पड़ गया था। कुछ कूटनीति भी अपनानी चाहिए। श्रीकृष्ण ईश्वर के अवतार माने जाते हैं, पर वे बहुत बड़े कूटनीतिज्ञ थे। तुम तटस्थ रहो। यों तुम काजल की कोठरी से बिना दाग़ निकल जाओगे।

भोलानाथ फिर उसे काफ़ी देर तक समझाते रहे। फिर उन्होंने एक यह भी उपाय बताया कि वह अभी सम्मन ले ले और तारीख़ पर कहीं बाहर चला जाए।

—अरे, तारीख़ से दो दिन पहले तो कानपुरवाली मौसी की लड़की की बरात है।—चचा को रास्ता साफ़ दीख गया।

—तो तुम वहाँ शादी में शिरकत करने चले जाओ और दो दिन बाद तक ठहरे रहना।—भोलानाथ बारीक-सा हँस दिये, जैसे बात पर उन्होंने रेशमी तार लपेटकर उसे साधारण से असाधारण बना दिया हो—लो गुत्थी हल हो गई। बेटे, गुत्थी चाहे कितनी भी पेंचीदा क्यों न हो, लेकिन हल खोजने बैठो तो वह मिल ही जाता है। तुम्हारी बात भी रह गई और तुम्हारा दामन भी बच गया।—भोलानाथ बारीक-सा वैसा ही फिर हँस दिये, जैसे बात पर उन्होंने एक रेशमी तार फिर लपेट दिया हो।

धूप सिमट चुकी थी और हवा में अँधेरे का चूरा जज्ब होने लगा था। भोलानाथ ने बाहर निकलनेवाले कपड़े बदले, यानी कुर्ते को साफ़ कुर्ते से बदल लिया और पैजामे को साफ़ पैजामे से। कुर्ते के ऊपर अचकन भी डाल ली। चप्पल की जगह पैरों में जूते पहन लिये और हाथ में छड़ी ले ली। मुकम्मिल पहनावे में वह मुकम्मिल भोलानाथ लगते थे। चलने पर दो फ़र्लांग बाद दरिया का किनारा मिल जाता था और फिर पुल। दरअसल वह उस मोहल्ले का उत्तर की ओर अन्तिम सिरा था। पुल पर खड़े होने से फेफड़ों को साफ़ और ताज़ी हवा मिलती थी।

भोलानाथ शाम के समय पुल पर आकर प्राय: खड़े हो जाते थे और लम्बी-लम्बी साँसें खींचते थे। वह अपने शरीर और स्वास्थ्य का ध्यान रखते थे। उनका कहना था कि स्वस्थ शरीर के अन्दर ही स्वस्थ मस्तिष्क रह सकता है।

पुल पर ही उनको पता चल गया कि दशरथ सिंह का बेटा पुरुषोत्तम पुलिस विभाग की प्रान्तीय सेवा में चुन लिया गया है। लखनऊ से दोपहर को आनेवाले अख़बार में उसका नाम था।

पुल से भोलानाथ दशरथ सिंह के मकान की ओर घूम गए।

दशरथ सिंह ने उनका स्वागत किया और तख़्त पर सिरहाने की ओर बैठाया और तकिया खिसकाकर उनकी कमर के पास लगा दिया। पुरुषोत्तम घर पर ही था।

दशरथ सिंह ने बधाई के लिए आभार प्रकट किया और फिर कुछ उतरी हुई आवाज़ में बताया कि पुरुषोत्तम अब डगमगा रहा है, कहता है कि जहाँ वह है, वहीं ठीक है।

पुरुषोत्तम स्थानीय डिग्री कॉलेज में हिन्दी का प्राध्यापक था।

—अरे नहीं, वह ऐसी बेवक़ूफ़ी नहीं करेगा।—भोलानाथ ने दशरथ सिंह के सन्देह को झिल्ली जैसा उतार दिया—इतनी अच्छी सर्विस मिल रही है और भला वह न जाए।

अन्दर से पुरुषोत्तम आ गया।

—मेरा मुबारकबाद लो। कहो, कब तक नई नौकरी पर जा रहे हो? —भोलानाथ सीधे पुरुषोत्तम से बात करने लगे।

—ताऊ जी, मैं तो वहाँ अब नहीं जाने की सोच रहा हूँ।—नरम चेहरेवाला पुरुषोत्तम नरम-सा हँसा।

—सो क्यों?—यदि दशरथ सिंह से जान न चुके होते तो भोलानाथ ज़रूर चौंक गए होते। फिर भी कुछ खिंचाव उनमें आ गया था—मैं भी तो जानूँ कि जब हाथी पर बैठने का पैगाम आया तो बरख़ुरदार ने कहा कि नहीं, मुझे पैदल ही चलना क़बूल है।

पुरुषोत्तम बैठने को वहीं तख़्त पर बैठ सकता था। पर वह बैठा नहीं। उसने छाती पर दोनों हाथ बाँध लिये। यह उसकी आदत में आता था। उसकी मुद्रा में गहराई आ गई—ताऊ जी! मैं उस समय प्रतियोगिता में बैठ तो गया और बाद में इंटरव्यू भी दे आया, पर इच्छा मेरी तभी नहीं हो रही थी। पुलिस विभाग बड़ा भ्रष्ट और बदनाम है। मैंने सुना है कि सच्चाई को उसके उसी रूप में रखकर कभी किसी अपराधी को दंड दिलाया नहीं जा सकता है, न ईमानदार बने रहकर वहाँ कोई पैर जमा सकता है।—पुरुषोत्तम यों सधे स्वर में बोल रहा था, जैसे वह अपनी कक्षा में विद्यार्थियों के समक्ष किसी पाठ के कठिन अंश की व्याख्या कर रहा हो—शिक्षक का पेशा सम्मानजनक है और विद्यार्थी मेरी इज़्ज़त करते हैं। वे मुझे प्रिय हैं और मैं उनको। उन्हें छोड़ते मुझे दुख होगा।

भोलानाथ के चेहरे पर से खिंचाव के चिह्न मिट गए थे, जैसे खिंचाव वहाँ था ही नहीं और अगर था तो हँसी से ढक गया। उनकी हँसी कुछ इस तरह की थी कि मानो प्रतिपक्ष में आई दलीलें अपने थोथेपन की वजह से चुटकुले जैसा मज़ा दे रही हों—यह तो तुमने पार्लियामेंट में खड़े होकर लेक्चर जैसा झाड़ दिया है, जो सुनने में तो बहुत अच्छा लगता है, पर उसमें कुछ होता नहीं। मैं बताऊँ, तुम्हें अपने परिवेश से मोह हो गया है बस बेटे। किसी ज्ञानी ने कहा है कि भावुक और अकर्मठ व्यक्ति को अपने आँगन के खारी पानी के कुएँ से भी मोह हो जाता है और वह मीठा पानी पाने के लिए प्रयत्न नहीं करता है।

*तातस्य कूपोऽयमिति ब्रुवाण:*
*क्षारं जलं कापुरुषा: पिबन्ति।*

उन्हें इस सन्दर्भ में संस्कृत का एक श्लोक याद आ गया और उन्होंने पढ़ दिया।

भोलानाथ ने फिर उसके सामने प्रान्तीय सेवा में मिलनेवाली सुविधाओं और वहाँ के रोबदाब का एक आकर्षक खाका खींचा कि रहने को बँगला

मिलता है, घरेलू काम करने के लिए चपरासी मिलते हैं और ऊँचे लोगों के बीच उठना-बैठना होता है और वह सही ज़िन्दगी होती है। फिर उन्होंने कहा कि वहाँ भी इज़्ज़त है। कॉलेज के लेक्चरार की इज़्ज़त तो सिर्फ़ कॉलेज के अहाते के अन्दर और विद्यार्थियों के बीच होती है, जबकि पुलिस के अफ़सर की पूरे ज़िले में। फिर वहाँ उन्नति के द्वार कितने चौड़े खुले हैं? अभी उसकी आयु कम है और पूरे 25-30 साल का समय उसे काम करने को मिलेगा, और वह पुलिस कप्तान से होता हुआ इंस्पेक्टर जनरल ऑफ़ पुलिस तक पहुँच सकता है।

पुरुषोत्तम इस बीच तख़्त पर आकर बैठ गया था। दलीलें सुनते हुए उसकी आँखों पर पलकें झपक जाती थीं, जो देर तक झपकी रहती थीं, जैसे वह कुछ गहरे सोच रहा हो, या फिर अन्दर-ही-अन्दर कुछ काट रहा हो और कटी हुई जगह पर कुछ नया भर रहा हो।

—ताऊ जी! मुझे साहित्य से भी लगाव है और वह मेरा जाता रहेगा। —उसके पास बताने को अभी एक कारण रह गया था और उसने बता दिया। नहीं, अन्दर कुछ कटने से रह गया था और उसने उसे सामने रख दिया। रखकर उसे लगा कि उसने उसे सही ढंग से नहीं रखा है। वह अपने में लिपटा हुआ रह गया है और उसे उसको खोल देना चाहिए—आप जानते ही हैं कि मैं गीत लिखता हूँ और चार-पाँच बार आकाशवाणी से उनको प्रसारित भी कर चुका हूँ।

—तो तुम वहाँ भी लिखना।

—पुलिस की नौकरी और साहित्य का सम्बन्ध, ताऊ जी, दूध और खटाई जैसा है। फिर वहाँ समय का भी टोटा रहेगा। शायद वहाँ कुछ लिखने और प्रकाशित करवाने की मनाही भी है।

—अभी तुम यहाँ हो इसलिए तुम्हें यहाँ का माहौल पसन्द आ रहा है। जब वहाँ पहुँचोगे तो वहाँ का आने लगेगा। यहाँ तुमने गुड़ खाया है और वहाँ गुलगुले खाने को मिलेंगे।—भोलानाथ ने अपने मज़ाक़ को भारी बनाने के लिए ठहाका लगाया। दशरथ सिंह हँसने लगे। पुरुषोत्तम भी मुस्कराने से

अपने को रोक न सका। जैसे वह हँसी गीला रंग हो और सम्पर्क में आनेवाले हर व्यक्ति पर धब्बे जैसी लग जाती हो।

—चुन लिये जाने पर भी वहाँ न जाना तुम्हारी सरासर ग़लती और बेवक़ूफ़ी होगी।—भोलानाथ ने जल्द ही अपने को कस लिया और गम्भीर हो गए, जैसे ढीले हो जाने पर गिरफ़्त भी ढीली हो जाने का ख़तरा हो—यह गोल्डेन अपॉरचूनिटी है और जब आई है तो इसका फ़ायदा उठाओ।

—मेरे कुछ साथी भी यही कहते हैं।

—इसकी बहू का भी यही कहना है।—दशरथ सिंह ने जोड़ा।

—वे सही हैं। आदमी को थोड़ा-सा व्यावहारिक भी होना चाहिए न कि केवल आदर्शवादी। हवा में चलने के लिए सोचा तो जा सकता है, पर चला नहीं जा सकता।

भोलानाथ ने अपने कहे को फिर दोहराया।

—ताऊ जी, सोचूँगा।—पुरुषोत्तम ने धीमे से कहा।

—अभी कुछ सोचने को रह गया है बरख़ुरदार? मैंने जो कुछ बताया है, वह अपने चालीस साल के तजुर्बे से बताया है।

—आपकी बात में बल है, पर—।

—पर क्या? बरख़ुरदार, इस पर के अब तुम पर कतर दो।

भोलानाथ ने प्रान्तीय सेवा की सुविधाओं और रोबदाब को तीसरी बार दोहराया।

चलते हुए उन्होंने पुरुषोत्तम से वायदा कराया कि जब लोक सेवा आयोग से पत्र आएगा, वह उन्हें ज़रूर सूचना देगा।

पुक पुक-उक—पुक पुक-उक—पुक पुक-उक—।

रात के दस बजे गए थे और सरदार तेजासिंह की चक्की चल रही थी। चिकने अँधेरे और मुलायम हो गई हवा की जिल्द को आवाज़ की चरखी की नोकें छील रही थीं—पुक पुक-उक—पुक पुक-उक—पुक पुक-उक—।

सुदामाप्रसाद का बूढ़ा बाप सोना चाह रहा था, पर सो नहीं पा रहा था। चक्की की आवाज़ ठीक उसके सिर पर बज रही थी। नहीं, जैसे आवाज़ की चरखी तेज़ी से घूम रही हो और वह उसके ठीक नीचे नंगा असहाय हो। पहले जब हवा का झोंका पीछे से आता था तो उसमें बेला या हरसिंगार की महक बसी होती थी। वह गमक आना बन्द हो गई थी। तेजासिंह ने फूलों के वे पौधे उखड़वा दिये थे। अब तेल और ग्रीज का भभका उठा करता था, जिससे पुक पुक-उक की चरखी की नोंकें और भी चुभीली हो जाती थीं। ज़्यादा परेशान हो जाने पर बूढ़ा बाप सुदामाप्रसाद को सुनाता हुआ बड़बड़ाता—पिछवाड़ा चक्कीवाले को देकर तूने अक़्लमन्दी नहीं की। मैं मर जाता तब देता। मेरी साँस पहले इतनी नहीं उखड़ती थी, जितनी अब। मुझे जल्दी मारने का यह इन्तज़ाम है।—

पुक पुक-उक—पुक पुक-उक—पुक पुक-उक—।

बूढ़े की आवाज़ चक्की की आवाज़ की चरखी के नीचे आ जाती और नोकों में फँसकर फट-चिथ जाती।

# छह

चन्द्रिकाप्रसाद उर्फ़ चुन्नू उर्फ़ पहलवान की छाती को भाले से छेदकर शिवनारायण भागा नहीं था, बल्कि वहाँ से हटकर वह सधे क़दमों से ख़ून सना भाला हाथ में पकड़े हुए अपनी बैठक में वापस आ गया था। लोग उससे एकदम डर गए थे और उसके सामने से फटते हुए हट गए थे, गोया कि वह जंगल से भटक आया एक खूँखार चीता है और किसी को भी फाड़ सकता हो। उसकी पत्नी सहमती हुई चीख़ने लगी थी कि हाय, यह उसने क्या किया। बच्चे भी परिणाम की भयंकरता सोचकर माँ के साथ रोने लगे थे। थाने पर रिपोर्ट दर्ज करा दी गई थी। पुलिस लगभग एक घंटा बाद आई। चाहता तो शिवनारायण इतने वक़्त में आसानी से भाग सकता था। पर वह भागा नहीं और ख़ुद को गिरफ़्तार करवा दिया।

पुलिस ने लाश के जिस्म पर से ख़ून आलूदा कपड़े अलग किये। लाश के नीचे की ख़ून-सनी मिट्टी तथा सादा मिट्टी को क़ब्ज़े में लिया। फिर लाश का पंचायतनामा भरा, फ़ोटो और चालान लाश तैयार किये और लाश को सील मोहर कर शव-परीक्षा के लिए सदर अस्पताल भेज दिया। पुलिस

ने भाले को भी अपने क़ब्ज़े में लिया। फिर ख़ून आलूदा कपड़े, मिट्टी तथा भाले की अलग-अलग फर्दें बनाईं, गवाहों से गवाही कराई और रोज़नामचे में लिखा-पढ़ी की।

पुलिस को डर था कि चश्मदीद गवाह बाद में गवाही देने से पलट सकते हैं। इसलिए उसने ऐसे गवाहों के बयान धारा 164 दंड प्रक्रिया संहिता के अधीन मजिस्ट्रेट के सामने करा दिये। वे गवाह आगे के लिए इस तरह बयानों से बँध जाते थे।

पुलिस ने घटनास्थल का नक़्शा बनाया तथा रोजनामचे में भी गवाहों की गवाही का खुलासा दिया। फिर जाँच पूरी कर चार्जशीट लगा दी।

मजिस्ट्रेट की अदालत में गवाहों की गवाही के बाद शिवनारायण ने अपना बयान नहीं दिया। वह पूरी कार्यवाही-भर चुप रहा, जाड़े की बर्फ़ के टुकड़े जैसा ठंडा, स्थिर और सख़्त। पूछने पर उसने उत्तर दिया कि उसे जो कुछ भी कहना होगा वह सेशन की अदालत में कहेगा।

मजिस्ट्रेट ने शिवनारायण पर चन्द्रिकाप्रसाद उर्फ़ चुन्नू उर्फ़ पहलवान की हत्या करने के लिए धारा 302 भारतीय दंड संहिता का आरोप लगाकर उसे सेशन सुपुर्द कर दिया।

# सात

वह टुकड़ा भी उस मोहल्ले के अन्दर आता था। वह उसका एक हिस्सा था। दरअसल पश्चिम की ओर मोहल्ला उस टुकड़े के साथ ख़त्म होता था। म्यूनिसिपल बोर्ड के काग़ज़ों में तो उसके वहाँ ख़त्म होने की बात थी ही, वहाँ खड़े होकर भी यही लगता था कि बस्ती यहाँ पर छूट या टूट रही है, या वह किसी चीज़ का एक खुला हुआ सिरा है। उसके ठीक बाद एक दूसरी पक्की सड़क शुरू हो जाती थी, टूट या सिरे के खुलेपन को उभारती हुई।

शहरों के अन्दर क्या गाँव होते हैं? उस हिस्से को देखकर ऐसा सन्देह किया जा सकता था, या फिर यह कि किसी चीज़ में से क्या कोई हिस्सा विकास की प्रक्रिया में बदलकर एक नया रूप ले लेता है, जबकि दूसरा हिस्सा उस प्रक्रिया से बिलकुल अछूता रह जाता है? विकास की दृष्टि उस टुकड़े पर शायद नहीं पड़ती है या फिर यह कि वह टुकड़ा ही विकास की अपनी कुछ ख़ास ज़रूरतों को पूरा नहीं कर पाता है। उस टुकड़े में गिनती के नौ मकान थे और वे सब-के-सब कच्चे थे, या कच्चे जैसे। जहाँ दीवारों में ईंटें चुनी थीं, वहाँ भी सीमेंट या चूने का पलस्तर न था, बल्कि मिट्टी

का ही लेप था, सिल-बट्टे पर पिसी हुई हरी मिर्च और हल्दी के रंग जैसा। वहाँ की दीवारें छोटी-छोटी और काफ़ी नीची थीं, अकिंचन जन की विनम्रता लिये हुए। वे बड़ी और ऊँची और भव्य तब होतीं जब विकास की प्रक्रिया ने उनको भी छुआ होता। वहाँ छतों के नाम पर या तो ठेठ छप्पर थे, या खपरैल, या धन्नियाँ और खपटियाँ, जिन पर मिट्टी परत-दर-परत चढ़ी हुई थी और जिनके भार से वे क़र्ज़ और समस्याओं से लदे निम्नवर्गीय आदमी जैसी लचकी और बल खाई हुई थीं। उनके दरवाज़ों पर टाट लटके रहते थे, जो कहलाने को पर्दा होते, पर जिनसे पर्दा होता नहीं था। बन्द किये जाने पर फूले हुए किवाड़ शैतान बच्चों की तरह मुँह में अँगुली डाले चरपरी सीटियाँ बजाते-से लगते थे। सड़क पर बिजली के खम्बे लगे थे, पर उन घरों के अन्दर तक तार खिंचे नहीं थे, क्योंकि वे तार विकास से सीधे जुड़े थे, जो वहाँ आया न था, और उन घरों में अब भी रोशनी के वही बेहद पुराने, घिसे-पिटे और इस्तेमाली ज़राये-लालटेन, ढिबरियाँ और दिये काम में लाए जाते थे।

वे सब हिन्दू बरेठाओं के घर थे, सिवाय एक किसान-घर के। किसान वहाँ आकर कब बस गया, किसी को मालूम न था, ख़ुद उसे भी नहीं। जितनी पुरानी बरेठाओं की पीढ़ी थी, शायद उतनी उसकी भी थी। किसान के पास ज़मीन थी और वह खेती करता था। बरेठाओं में भी ज़्यादातर लोग अब भी अपने उसी पुश्तैनी पेशा कपड़े धोने से जुड़े हुए थे। पर कुछ लोग टट्टुओं पर ईंट, गारा और बालू की खेपें भी ढोते थे और मज़दूरी किया करते थे। एक बरेठा रिक्शा चलाता था और एक केन्द्रीय सरकार की फैक्टरी में लेबर था। उन घरों में रहनेवाले शायद ख़ून में कभी एक-दूसरे से बिलकुल सीधे जुड़े होंगे, पर फिर औलादों की औलादें और उनकी औलादें हुईं और वे दूर हटते गए। पर दूर हटकर भी वे दूर हटे नहीं थे। उनके बोलने-चालने, उठने-बैठने का ढंग और व्यवहार सब एक जैसा था। शादी और ग़मी में वे मिल-जुलकर शिरकत करते। वे किसी जानवर की ख़रीदारी करते या ज़ेवर वग़ैरह गढ़वाते तो जत्था बाँधकर जाते। वे एक ताल की मछली सरीखे थे या एक घेरे में

एक जैसे खड़े हुए दरख़्त जैसे। बरसात ख़त्म होती। मुँडेरों और छतों पर घास उग आई होती। घरों की औरतें मुँडेरों और छतों पर चढ़ जातीं। दूसरे घर में ढील या अबेर होती तो वे आवाज़ देकर वहाँ की बहुओं और बेटियों को भी चढ़ा लेतीं। वे फिर घास उखाड़तीं, गुबरी करतीं और हटे हुए खपटे, सेठें जगह पर बैठातीं। दशहरा और दीवाली सिर पर होते। बालटियों-हाँड़ियों में पिंडोर घोल-घोलकर कपड़े के पुतनों से दीवारें पोततीं और गोबर-मिट्टी से आँगन-कोठरियों के फ़र्श लीपतीं और गेरू और तेल से खिड़कियों और किवाड़ों को रँगतीं और चमकातीं। वे काम के बीच में बराबर चुहुलबाज़ियाँ और ठिठोलियाँ भी करती जातीं। फिर बच्चों, या बकरी-टट्टुओं या हगी-मूती बातों को लेकर उनमें कहा-सुनी, तनातनी और झोंटा-खसोटी भी हो जाती। तब ऐसा लगता, जैसे ताल की सतह पर तैरती और चक्कर काटती मछलियाँ तेज़ी से एक-दूसरे से टकरा गई हों, या तेज़ हवा चली हो और एक दरख़्त की शाखें दूसरे की शाखों से उलझ रही हों।

उस किसान और उन बरेठाओं के वे घर वहाँ शायद सौ साल पहले से थे, या शायद डेढ़ सौ साल पहले से, या फिर यह कि शहर बनने के साथ ही उनके पुरखे वहाँ बस गए थे।

किसान और उन बरेठाओं में इस वक़्त वहाँ सबसे ज़्यादा उम्र का राधे था। वह सत्तर की रेखा को छू रहा था। लेकिन उसके जिस्म की काठी मज़बूत थी। उसकी त्वचा का रंग पकी मिट्टी जैसा था। सिर और भौंहों के सफ़ेद बाल उस पर कलगी जैसे फबते थे। आठ-दस साल पहले उसकी आँखों की रोशनी जाती रही थी। उसे मोतियाबिन्द हो गया था और क़ायदे से ऑपरेशन हो जाना चाहिए था। पर उसने ऑपरेशन कराया नहीं और निगाह घटती-घटती बिलकुल ख़त्म हो गई। लेकिन जहाँ तक बन पड़ता था, वह खाने-पीने, उठने-बैठने और दिशा मैदान में दूसरों की मदद कम-से-कम लेता था। वहाँ के घर, गलियारे, रास्ते और आँगन, यानी चप्पा-चप्पा, उसका जाना और समझा हुआ था और पैर और हाथों का स्पर्श उसे बता देता था कि वह कहाँ है। आँखों की शक्ति जैसे उसके हाथ-पैरों में सिमट आई थी। बस्ती

के लोग उसे आदर में भगत कहते थे। वह हर मौसम में सुबह बिला नागा नहाता था और गले में कंठी पहनता था।

भगत को कबीर और दूसरे सन्तों के नीति-सम्बन्धी न जाने कितने दोहे याद थे। वह अवसरानुकूल उनका प्रयोग करता और अर्थ बाँचता था। तुलसीकृत मानस के बीसियों स्थल और प्रसंग उसे कंठस्थ थे, जिन्हें वह ऊँची अलाप से गाया करता था। उसका गला खुला हुआ पर कोमल था और उसमें से निकला हुआ स्वर किसी वाद्य-यंत्र की तरह बजता था। सुबह प्राय: वह गाया करता था :

*प्रात कहा मुनि सन रघुराई।*
*निरभय जग्य करहु तुम्ह जाई॥*
*होम करन लागे मुनि झारी।*
*आपु रहे मख की रखवारी॥*
*सुनि मारीच निसाचर क्रोही।*
*लै सहाय धावा मुनि द्रोही॥*
*बिनु कर बान राम तेहि मारा।*
*सत जोजन गा सागर पारा॥*

दोपहर में भोजन के बाद भगत घंटा, आध घंटा के लिए झपकी ले लेता। फिर एक चिलम तम्बाकू पीता और इसके बाद चौपाइयाँ फिर उचारने लगता। पहले उसकी आवाज़ धीमी होती, जैसे कोई पाखी नीलगगन में उड़ने से पहले अपने मुलामय डैने हल्के-हल्के खोल और फैला रहा हो। फिर वह आवाज़ गति पकड़ते हुए गूँजने लगती, जैसे वह पाखी ऊर्ध्वमुखी हो नीलगगन में चक्कर काटने लगा हो और उसके पंख सूरज की किरनों में झिलमिला रहे हों :

*जब ते रामु ब्याहि घर आए।*
*नित नव मंगल मोद बधाए॥*

*भुवन चारिदस भूधर भारी।*
*सुकृत मेघ बरषाहें सुख बारी॥*
*कहि न जाइ कछु नगर बिभूती।*
*जनु एतनिअ बिरंचि करतूती॥*
*सब विधि सब पुर लोग सुखारी।*
*रामचन्द मुख चन्दु निहारी॥*

साँझ होती। दीया-बाती हो गई होती। चौका उठ चुका होता। ढका-मूँदी चल रही होती। भगत अपने तख़्त पर आ जाता। लेटने से पहले वह फिर चौपाइयाँ उचारने लगता। स्वर का पाखी पहले धीरे-धीरे डैने खोलता-फैलाता और फिर ऊँचा उठकर उन्मुक्त चकफेरियाँ लेने लगता :

*सोइ सर्वग्य गुनी सोइ ग्याता।*
*सोइ महि मंडित पंडित दाता॥*
*धरम परायन सोइ कुल त्राता।*
*रामचरन जाकर मन राता॥*
*नीति निपुन सोइ परम सयाना।*
*श्रुति सिद्धान्त नीक तेहिं जाना॥*
*सोइ कवि कोविद सोइ रनधीरा।*
*जो छल छाड़ि भजइ रघुबीरा॥*

रात के घिरते सन्नाटे में वह आवाज़ फैलकर ऐसे ही गमकने लगती जैसे अग्नि जल रही हो और उसमें कोई धूप, कपूर, घी, मखाना और चन्दन की हवि छोड़ रहा हो और हवा अपनी अँजुरी में मीठी, पूत सुगन्ध भर-भरकर चारों ओर उड़ेल रही हो। उन घरों में से कोई खिंचा हुआ वहाँ चला आता। उसने चार-पाँच घंटे पहले नशा किया होता और वह उतर चुका होता और उसके अन्तस में पश्चाताप चाबुक फटकार रहा होता, या वह किसी दूकान पर राशन-पानी उधार लेने गया होता और दूकानदार ने न दिया होता और पिछले बकाया के लिए ज़लील किया होता और वह टूटा, चटखा-सा होता।

उन नौ घरों में मैना, बकरी, टट्टू, कुतिया और उनके जाए जोड़कर पन्द्रह जानवर थे।

वहाँ गोपी के आँगन में नीम का एक छतनार पेड़ था, माता निकलने पर जिसकी टहनियों से बयार की जाती थी और खजुली के दानों पर जिसकी छाल घिसकर छोपी जाती थी।

वहाँ सीता के आँगन में बेरी का एक पेड़ था, तारीफ़ करने पर जिसके सुर्ख़-सुनहरे फलों के लिए कहा जाता था कि वैसे मीठे बेर उस पूरे शहर में नहीं उतरते हैं और उन बेरों के पीछे सीता से चखचख मचने पर बुराई करते हुए कहा जाता था कि एक मीठा होता है तो दस बकटे और खट्टे और जिनको खाँसी गले लगाना हो वे इन बेरों को टूँगें।

# आठ

भोलानाथ के मजिस्ट्रेट बेटे ने अपनी तैनाती की जगह से पिता को लिखा था कि वह उनके साले के लिए वहाँ एक अच्छी और मौजू जगह तलाश दें। साला वहाँ मूँगफली के तेल की एक मिल लगाना चाहता था। इस शहर में मूँगफली की उपज बहुतायत से होती थी और आढ़तों के ज़रिये उसका लदान बाहर होता था। इसलिए मूँगफली के तेल की मिल का इसी शहर में लगना व्यापारिक दृष्टि से अति लाभकारी साबित हो सकता था। उपज के स्थान पर मूँगफली निश्चय ही भरपूर और सस्ती मिलेगी। साले के दिमाग़ में मूँगफली के तेल के काम में पैर जमाकर फिर वनस्पति घी भी तैयार करने की योजना थी। बचे-खुचे माल और उसके मैल से साबुन बनाने का प्लांट लगाने के बारे में भी वह सोचता था। साले के पास व्यापारिक बुद्धि थी और वह एक काम के साथ उससे सम्बद्ध कई कामों पर विचार कर लेता था।

प्रस्तावित मिल में सरकार डेढ़ लाख रुपया ऋण के रूप में लगाएगी, साला इस बारे में सम्बन्धित व्यक्तियों से बातचीत कर चुका था। बहुत कुछ

लिखा-पढ़ी में भी आ चुका था। बस, एक उपयुक्त जगह पा लेने की बात रह गई थी और उसके तय होते ही ऋण के काग़ज़ अन्तिम रूप ले लेंगे।

चिट्ठी के साथ साला ख़ुद आया था। वैसे उसे चिट्ठी लाने की ज़रूरत नहीं थी, क्योंकि वह भोलानाथ के लिए अजनबी नहीं था। फिर वैसे भी भोलानाथ हरेक की सहायता करने के लिए उत्सुक रहते थे। यह गुण उनके स्वभाव का एक आधारभूत घटक था। इसके बावजूद साला भोलानाथ के अतिरिक्त सावधानीवश जो चिट्ठी लाया था सो यह उसकी व्यावहारिक पटुता ही मानी जाएगी, जो व्यावसायिक बुद्धि से स्वत: उपजती है।

भोलानाथ ने साले से, जिसका नाम अमरनाथ था, अपेक्षित जगह की लम्बाई-चौड़ाई और स्थिति का अन्दाज़ा ले लिया।

यह संयोग था कि इसके तुरन्त बाद ही वहाँ भोलानाथ का बरेठा कपड़े लेकर आ गया। भोलानाथ का वह बरेठा उसी बस्ती में रहता था। वैसे घर के अच्छे और क़ीमती कपड़े, ख़ासतौर से लड़के और बहू के, लांड्री में धुलने जाते थे। पर वह बरेठा मुद्दत से लगा हुआ था और धोने के लिए बिस्तर की चादर, कच्छा, बनियान, तौलिया, रूमाल वग़ैरह अब भी ले जाया करता था। बरेठा को देखकर भोलानाथ के मस्तिष्क में तुरन्त ही उस बस्ती के घरों और उनसे घिरी जगह की बात आ गई। लेकिन अगर ऐसा संयोग न घटता और वह बरेठा वहाँ उस समय न आया होता, तब भी उस बस्ती और उन घरों की बात उनके दिमाग़ में ज़रूर आती। दरअसल वह वहाँ की जगह को लेकर कई बार सोच चुके थे। वह मानते थे कि उस जगह का सही उपयोग होने से रह गया है। वहाँ एक बस का अड्डा मज़े में बन सकता था। वहाँ कोई सरकारी दफ़्तर सुविधापूर्वक स्थापित हो सकता था। वहाँ छोटे-छोटे दो-दो तीन-तीन कमरों के नये ढंग के मकानों की एक नई कालोनी ख़ूबसूरती से खड़ी की जा सकती थी। तब उस जगह ने, सच में, एक सही और सार्थक रूप लिया होता। इसलिए वह जगह एक तरह से उनके अवचेतन में पड़ी हुई थी और अगर बरेठा के आने का वह संयोग न घटा होता, तब भी प्रस्तावित मिल को लेकर वह जगह अवचेतन

से निकलकर उनके मस्तिष्क के चेतन कक्ष में अवश्य आती, भले ही कुछ देर-सबेर से।

भोलानाथ अमरनाथ को लेकर उस हिस्से में गए ताकि ज़मीन और उसकी स्थिति की उसके सम्भावित मालिक को सही जानकारी हो जाए। वह वहाँ देर तक रुककर अपने बरेठा से बातें करते रहे कि घर पर दो गन्दी चादरें और छूट गई हैं और वह उन्हें ले ले और यह कि बरसात में वहाँ रास्ते में जगह-ब-जगह पानी भर जाता होगा।

भोलानाथ ने अमरनाथ को ले जाकर दो-एक जगह और भी दिखाईं जो उनकी समझ में कोशिश की जाने पर पाई जा सकती थीं।

फिर जायदाद की दलाली करनेवाले दलाल को भी बुला लिया गया और उसकी जानकारी में जो वैसी दो जगहें थीं, उनको भी देख लिया गया।

अमरनाथ को वह बरेठाओं की बस्तीवाली जगह ही पसन्द आई और भोलानाथ भी जानते थे कि उसकी पसन्दगी की सूई वहीं रुकेगी। एक तो दस-बीस क़दम चलकर दो ओर सड़क मिल जाती थीं, जिनसे माल लाने, ले जाने में सुविधा-ही-सुविधा थी। दूसरे, दक्खिन की ओर मस्जिद और वक्फ़ की दो सौ गज़ रकबई ज़मीन का एक ख़ाली टुकड़ा पड़ा था और ज़रूरत पड़ने पर मिल की हद वहाँ तक ले जाई जा सकती थी। तीसरे, वह जगह आबादी के एक हिस्से में होने की वजह से सुरक्षा की दृष्टि से ख़तरे से दूर थी। चौथा और महत्त्वपूर्ण कारण यह था कि ज़मीन के उतने बड़े जो दो टुकड़े अन्य स्थानों पर उपलब्ध थे, उनकी स्थिति एक या दूसरी नज़र से बहुत ग़लत थी और उस ग़लती को पचाना कतई सेहतमन्द न था। एक टुकड़ा उस निचाई पर स्थित था जहाँ सैलाब में नदी का पानी चढ़कर आ सकता था और दो-एक बार आ चुका भी था। दूसरा टुकड़ा काफ़ी अन्दर धँसकर एक ऐसी गली में था कि वहाँ ट्रक किसी भी सूरत में पहुँच नहीं सकती थी। इसलिए मजबूरी के लिए भी वहाँ कोई दूसरा स्वस्थ विकल्प नहीं था।

अमरनाथ ने अपना फ़ैसला दे दिया—बाबूजी, इसको आप ले ही लीजिए।

—देखो, मैं कोशिश करूँगा। मुझे उम्मीद है कि जगह मैं तुमको दिला दूँगा।

—अगर देने को मुझे कुछ रुपये ज़्यादा भी देना पड़े तब भी मैं बर्दाश्त कर लूँगा। यह जगह काफ़ी अच्छी है और हाथ से निकल नहीं जानी चाहिए।—साले ने अपनी उतावली प्रकट की।

—बात यह है कि ज़मीन पर नौ घर हैं और दो-तीन में कई-कई हिस्सेदार हैं। इसलिए इस ज़मीन के कई मालिक हैं और सबको राज़ी करना है। फिर वे बेपढ़े लोग हैं और उनमें हर तरह का इनसान है।—भोलानाथ ने परेशानी की बात कही, पर उनके चेहरे पर परेशानी या उसकी छाया तक न थी। दरअसल उनमें आत्मविश्वास कूट-कूटकर भरा हुआ था और उनकी तुलना इस दृष्टि से फौज़ के उस सफल कमांडर से की जा सकती थी जो दुश्मन से घिरा होने पर भी औसान नहीं खोता और जिसका मस्तिष्क अवसरानुकूल नई-नई रणनीतियाँ निर्धारित करता रहता है और जिसके लिए अपनी विजय असन्दिग्ध होती है।

—इसके लिए अगर कुछ झगड़ा-फसाद भी खड़ा करना पड़े तो—अमरनाथ ने अपनी व्यावसायिक बुद्धि खोलना चाही।

—धीरज रखो। सही ढंग से किये गए काम में एक अपनी ख़ूबसूरती होती है। ऐसा काम पायेदार भी होता है।—भोलानाथ ने अपनी उम्र और समझदारी का परिचय दिया।

अमरनाथ एक हफ़्ते के लिए वापस चला गया।

भोलानाथ ने पहले सोचा कि वह अपने बरेठा गोपी को बुलाकर बात करें और श्रीगणेश उसी से हो। पर फिर वह सम्हल गए, जैसे ग़लती होते-होते बच गई। गोपी यों सीधा-सादा था, पर उसकी बीवी नम्बर एक की काइयाँ थी और आधी बात को पकड़कर उसे इधर-उधर परखवाती घूमती थी। शुरू में यह स्थिति वांछनीय नहीं थी। बोहनी ऐसी होनी चाहिए कि ठेन न हो। इशारा हुआ और दूसरी ओर से हाथ बढ़ आया कि लीजिए चीज़ आपकी है।

भोलानाथ यों उस बस्ती और वहाँ के लोगों के बारे में अच्छी तरह जानते थे, पर फिर भी उन्होंने अपनी जानकारी में कुछ नये और ताज़े तथ्य जोड़ लेना ज़रूरी समझा। उन्होंने पता लगाया कि कौन ज़्यादा

ज़रूरतमन्द है, किस पर क़र्ज़ का बोझ है, किसका हिस्सा झगड़ेवाला है और किसके पास रहने का दूसरा प्रबन्ध है, या आसानी से हो सकता है। सफल कमांडर के लिए शत्रु-क्षेत्र में घुसने से पहले वहाँ के नये हालात के बारे में जानकारी पा लेना बहुत ज़रूरी है, और यह कि प्रतिरक्षा की कौन-सी पंक्ति कमज़ोर है और किस ओर बिला किसी विशेष बाधा-विरोध के पैठा जा सकता है।

भोलानाथ की निगाह सबसे पहले जोखे पर गई। उसके कई कारण थे। नम्बर एक यह कि वह किसान था और अपनी बिरादरी में वहाँ अकेला था और उसका लगाव बरेठाओं के प्रति किसी क़दर कुछ कम ही होगा। नम्बर दो यह कि मरघट के क़रीब उसके जो दो खेत थे, वे दोनों एक कायस्थ के पास गिरवी रखे थे और दो फसलों से वह ब्याज दे नहीं पाया था, क्योंकि फ़सलें ख़राब हो गई थीं। एक बार सैलाब का पानी चढ़ आया और दूसरी बार फ़सल जब तैयार थी तब ओला गिर गया। और नम्बर तीन यह कि वह सीधा था और बात अगर उसके मन में पैठ जाए तो फिर वह मन की करता था।

भोलानाथ ने जोखे को घर पर बुलाया और वह बुलावे के साथ चिपका हुआ चला आया, चेहरे पर दो-दो सूत कच्ची-पक्की जमी हुई दाढ़ी लिये हुए और टाँगों में धूल की परत चढ़ाए हुए। आकर वह खड़ा रहा और बैठने को कहे जाने पर देहलीज़ के पास यों बैठ गया, जैसे पुचकारने पर कुत्ता बैठ जाता है पर जिससे सहमापन दूर हुआ नहीं होता है।

भोलानाथ ने पहले उसकी फ़सल के बारे में पूछा, फिर उसकी बीवी के स्वास्थ्य के बारे में, जो दमा की मरीज़ थी, और फिर अपनी बात पर यों आ गए—एक बड़ा सेठ यहाँ आसपास ज़मीन चाहता है। अच्छी क़ीमत देने को तैयार है।

जोखे अपनी मेढक जैसी उभरी पीली पुतलियों से भोलानाथ की ओर ताकने लगा।

—सेठ गर्ज़मन्द है और क़ीमत काफ़ी अच्छी देगा। यों समझ लो, बाज़ार में अगर एक अमरूद पाँच पैसे का है तो सेठ दस पैसे तक में ले लेगा।

जोखे की अक़्ल में बात की गाँठ अभी पूरी तरह खुली नहीं थी और उसका पीली उभरी पुतलियों से ताकना वैसा ही बना रहा—ज़मीन। पर ज़मीन—।

—तुम अपना मकान बेच सकते हो?—भोलानाथ भी समझ गए कि बात सीधी कहना चाहिए।

जोखे की गर्दन पर जैसे एक बर्र बैठ गई हो और उसने डंक चुभाया हो—हमारा घर—घर?

—तुम्हारे घर में कुछ है भी नहीं। बस, कच्ची दीवारें हैं और फूस का एक पुराना छप्पर। हाँ, थोड़ी ज़मीन ज़रूर है।

—तो हम रहिस कहाँ?—एक बहुत बड़ा सवाल था जैसे और जोखे ने उसे कर दिया। इस सवाल के ज़रिये जैसे मकान के कुछ न होने की बात पर भी उसने एतराज़ किया था। कच्ची दीवारों और पुराने छप्पर के बावजूद चूँकि वह उसमें रहता था, इसलिए वह एक घर था और जब घर था तो उसे घर जैसा ही महत्त्व मिलना चाहिए।

—रहने को या तो तुम दो-चार रुपये किराये की कोठरी लेकर रह सकते हो या फिर खेत के एक कोने में छप्पर डलवा सकते हो।—भोलानाथ ने उस बहुत बड़े सवाल को चुटकियों में हल कर दिया। वह जानते थे कि वैसा सवाल उठेगा और उसके लिए उन्हें तैयार रहना चाहिए।

जोखे कुछ नहीं बोला। जैसे बर्र के डंक में ज़हर नहीं था, या फिर था तो मोटी खाल के कारण उसकी जलन ऊपर-ही-ऊपर रहकर मर गई थी।

भोलानाथ ने फिर उससे उसके खेतों के बारे में पूछा कि उसने कितने रुपये लेकर उनको गिरवी रखा था और ब्याज़ की दर क्या थी? फिर उन्होंने हिसाब लगाया कि सात सौ रुपये मूल के हैं और क़रीब तीन सौ ब्याज बन जाता है और यों उसे एक हज़ार रुपये देना है।

—तुम पर उधार काफ़ी है, जोखेलाल। मुझे लगता है तुम अपने खेत छुड़ा नहीं पाओगे और वे निकल जाएँगे।

—इसुर को अगर याही मंजूर है तो हम का कर सकित। वैसे हम कोसस तो याही करी खेत छूट जाइ।

—पर खेत छुड़ाने के लिए तुम इतना रुपया लाओगे कहाँ से? मियाद निकल गई तो जिसका रुपया है वह काग़ज़ अपने नाम पक्का करा लेगा।

जोखे के पास इसका कोई जवाब नहीं था और वह चुप रहा।

—तुमको अपने खेत प्यारे हैं कि घर?—भोलानाथ ने अपनी गिरफ़्त मज़बूत की।

यह एक मुश्किल और बहुत मुश्किल सवाल था। यह कुछ वैसा ही था जैसे किसी माँ के सामने उसके दो जाए लाकर खड़े कर दिये जाएँ और पूछनेवाला पूछे कि माँ को यह प्यारा है या वह।

—हमको दोइ प्यारे हैं।—माँ जो उत्तर देती वही जोखे ने दिया।

—नहीं, तुमको दोनों में से एक को छोड़ना होगा, यों सोचो।—भोलानाथ ने गिरफ़्त को कमज़ोर नहीं होने दिया।

एक माँ अपने दो जायों में से किसी को भी नहीं छोड़ सकती थी। जोखे के लिए भी यह मुश्किल था। वह अपनी उभरी पीली पुतलियों से बस ताकता रहा।

भोलानाथ तब उसे समझाने लगे कि उसके खेत चार हज़ार रुपयों से कम के न होंगे और कर्ज़ में लिये गए कुल सात सौ रुपये के बदले में वे निकल जाएँगे, और यह कि किसान को अपने खेत ही ज़्यादा प्यारे होना चाहिए, क्योंकि वही फ़सल उपजाकर उसे और उसके परिवार को पालते-पोसते हैं और दुधारू गाय जैसे आय का स्रोत होते हैं, और यह कि जब कुछ छोड़ने की स्थिति आ जाए तो हमेशा बड़ी चीज़ को पकड़े रहना चाहिए और छोटी को छोड़ देना चाहिए, और यह कि बहुत लोगों के अपने मकान नहीं होते हैं और वे यहाँ-वहाँ अपनी हैसियत लायक़ किराये पर रह लेते हैं, और यह कि खेत निकल जाने पर जब आमदनी का ज़रिया जाता रहेगा तो यह भी नौबत आ सकती है कि उसे अपना मकान भी बेचना पड़ जाए और तब दोनों ही चीज़ें हाथ से निकल जाएँगी और न ख़ुदा ही मिला न बिसाले सनमवाली कहावत सच होगी। अन्त में उन्होंने अपनी बात को यों तोड़ा—खेतों के सिलसिले में तुमको जितना भी रुपया देना है उसका भुगतान

सेठ कर देगा और तुम्हारे खेत तुम्हारे नाम पलटवा देगा और ख़र्च के लिए तुम्हें सौ रुपया ऊपर से अलग देगा। बस, इस सबके बदले में सिर्फ़ तुमको घर छोड़ देना होगा, जिसमें कच्ची दीवारों और फूस के पुराने छप्पर के अलावा कुछ है भी नहीं।

जोखे कुछ बोला नहीं और अपनी उभरी पीली पुतलियों से बस ताकता रहा और जब उसने समझ लिया कि उसे कुछ बोलना ही है तो बोला कि वह अपनी औरत और लड़के से पूछ ले।

भोलानाथ ने कहा कि हाँ वह ज़रूर पूछ ले और कल शाम आकर बताए। जाते हुए उन्होंने उसे फिर समझाया कि खेत को रोके रखने में ही उसका अपना हित है।

जोखे दूसरे दिन आ गया। हालाँकि वह कुछ तय नहीं कर पाया था और उसका आना रुक सकता था, पर चूँकि उससे आने के लिए कहा गया था, इसलिए वह आया था।

—जोखेलाल, औरत ने क्या राय दी?

—वो कछू न कहत। वो कहत जो तेरी मरजी।

—उसका कहना ठीक है। फ़ैसला तुमको ही करना है।—भोलानाथ एक मिनट रुककर अपने कान की गुहा के बाहर निकले बालों को छूते-छेड़ते रहे। फिर यह सोचकर कि जोखे का दिया गया वक़्त ख़त्म हो गया है, पूछा—तुमने क्या तय किया है, जोखेलाल?

—आप ठीक कहिस हैं। पर हम रहिस कहाँ? लड़कवा भी याही कहिस।—जोखे ने अपनी उभरी पीली पुतलियाँ गिरा लीं और पैर के फटे हुए अँगूठे की ओर देखने लगा।

—मैंने बताया जो था कि रहने को तुम कहीं भी रह सकते हो, जैसे किराये की कोठरी में या अपने खेत में छप्पर डालकर।

—लड़कवा कहिस की यहाँ सब आपन ही लोग हैं और बाबा-दादा के ज़माने से चलै आइस हैं।—जोखे अब अपने हाथों को देखने लगा, जिनके भी पोरे फटे हुए थे।

भोलानाथ हँसे, जैसे उन्होंने कही जानेवाली बात पर रुपहला वर्क लपेट लिया हो—बाबा-दादा ने भी एक जगह छोड़ी होगी तभी यहाँ दूसरी जगह पर आकर बसे। जोखेलाल, तुम यह क्यों नहीं सोचते हो कि यहाँ तुम्हारी अपनी बिरादरी की एक अकेली बखरी है और वह भी तुम्हारी। और फिर मान लो बरेठा लोग भी अपने-अपने घर बेच दें।

जोखे की गर्दन पर आज जैसे फिर बर्र बैठ गई थी और उसने डंक चुभोया था—का बरेठा लोगन के भी घर ली जाइस?

भोलानाथ वैसा ही फिर हँस दिये, बात पर रुपहला वर्क लपेटनेवाली वही हँसी—सेठ का तुम्हारे ही घर की ज़मीन से काम थोड़े चलेगा। वह आसपास में और भी ज़मीन लेगा। यों समझो कि बस बात की शुरुआत जोखेलाल उसने तुम्हारे घर से की है। शुरुआत चूँकि तुम्हारे घर से की है, इसलिए सेठ तुम्हें रुपये भी ज़्यादा दे रहा है। बाद में शायद वह दूसरों को उतना न दे।

आगे भोलानाथ ने कलवाला वही सब फिर कहा कि तीन-चार हज़ार की क़ीमत के उसके खेत जाने से बच जाएँगे और किसान को अपने खेतों से ही मोह होना चाहिए।

—बात आपन की ठीक हइस, पर अभी सोच लीन्ह।—वह अपने पैर के फटे हुए अँगूठे की ओर दुबारा देखने लगा।

—हाँ, सोच लो। पर फ़ैसला तुमको ही लेना है। चार लोगों की चार तरह की सलाह होगी। तुमको अपना हित अपने-आप देखना है।

भोलानाथ ने उससे दूसरे दिन आने के लिए फिर कह दिया।

अगले दिन जोखे फिर आ गया, हालाँकि आज भी वह अनिश्चितता की ही स्थिति में था और आया महज़ इसलिए था कि उससे आने को कहा गया था।

आज भी पूछे जाने पर उसने वही सवाल किया—हम रहिस कहाँ?

आज भी भोलानाथ ने उतने ही ठंडे बने रहकर बताया कि रहने को वह कहीं भी रह सकता है। चाहे वह दो-चार रुपये किराये की कोठरी ले ले और चाहे अपने खेत में छप्पर डाल ले। उन्होंने यह भी बताया कि खेत में

छप्पर डालने के लिए वह यहाँ वाले अपने छप्पर के बाँस और बल्ली और किवाड़, चौखट वग़ैरह ले जा सकता है और ऊपर से जो उसे सौ रुपये दिये जाने की बात थी सो वह सेठ से कह-सुनकर कुछ और बढ़वा देंगे।

—का बरेठा लोगन भी अपन मकान छोड़ दीन्ह?

—हाँ, सेठ उनके मकान भी ज़रूर लेगा। उसको काफ़ी जगह चाहिए है।—भोलानाथ ने ढाढ़स दिया।

भोलानाथ ने उसे आज फिर समझाया कि वह किसान है और किसान को अपने खेत से ही मोह होना चाहिए।

—बात आपन की ठीक हइस, पर अभी सोच लीन्ह।

भोलानाथ ने बिला धैर्य खोए उससे दूसरे दिन आने के लिए फिर कह दिया।

और अगले दिन वह फिर आया, वही अनिश्चितता की स्थिति से बिंधा हुआ और 'अभी सोच लीन्ह' के लिए समय लेकर फिर चला गया।

फिर अगला दिन और अगला दिन। जोखे हर अगले दिन के साथ बराबर कमज़ोर पड़ता जा रहा था।

—का बरेठा लोगन भी अपन मकान छोड़ दीन्ह?

—हाँ, सेठ उनके भी मकान लेगा।

और फिर आठवें दिन उसने खेतों का काग़ज़ अपने नाम पलटवा कर अपने मकान का बिक्रीनामा भोलानाथ के बेटे के साले सेठ अमरनाथ के नाम कर दिया और ऊपर से मिले दो सौ रुपये क़बूल लिये।

भोलानाथ ने इसके बाद सुन्दर बरेठा को लिया जो बरेठागीरी का काम नहीं करता था और केन्द्रीय सरकार की क्लोदिंग फैक्टरी में मुलाज़िम था। अभी वह क़रीब तीस साल का था और कुछ ही पहले उसका बाप मरा था। वह लड़कों में अपने बाप का अकेला था। बहनें जो तीन थीं, उनमें दो की शादी हो चुकी थी और एक छोटी थी। बाप पुश्तैनी पेशा यानी कपड़े धोने के काम से ज़िन्दगी-भर जुड़ा रहा था, पर सुन्दर ने आठ साल पहले उस पेशे को छोड़ दिया था। सन् 1962 में, जब चीन ने हिन्दुस्तान पर हमला किया

था और फौज़ी सामान बनानेवाले कारख़ानों में नौकरी पाने की आसानी हो गई थी, सुन्दर वहाँ एक लेबर के रूप में भरती हो गया था। उसे दो महीने पहले फैक्टरी की अपनी इस्सेट में नये बनकर तैयार हुए क्वाटरों में से एक क्वाटर भी एलाट हो गया था। वह वहाँ जाने के लिए बिलकुल तैयार था। इन्तज़ार जो था वह बस यह कि नये क्वाटरों में पानी का कनेक्शन आ जाए।

भोलानाथ ने उससे पूछा कि क्वाटर में चले जाने के बाद वह अपने घर का क्या करेगा?

—ख़ाली रहेगा। ताला डाल दूँगा।

—नौकरी तो तुम्हारी अभी बहुत दिनों की है, बीस-बाईस साल की। क्वाटर अब पक्के तौर से मिल गया समझो। तब तक घर क्या बराबर ख़ाली पड़ा रहेगा?

—पड़ा रहेगा।—सुन्दर की आदत थी कि वह बहुत छोटे-छोटे वाक्य बोलता था और बोलने के लहज़े से लगता था कि वह अशिष्ट है, यों था नहीं।

—घर निकाल क्यों नहीं देते?—भोलानाथ ने अपना उद्देश्य स्पष्ट कर दिया।—एक सेठ को इधर ज़मीन की ज़रूरत है। वह गर्ज़मन्द है और पैसे अच्छे देगा।

—मुझे पैसे नहीं चाहिए। पड़ी चीज़ कभी काम आ सकती है।

—पर दाम अभी खरे मिलेंगे। अपनी गर्ज़ की वजह से सेठ अभी जितना दे रहा है, उतना शायद फिर कोई नहीं देगा। फिर पड़े-पड़े और बिना देख-रेख के चीज़ ख़राब भी हो जाती है। पैसों को तुम बैंक-डाकख़ाने में डालकर उतने वक़्त में तिगुना-चौगुना कर सकते हो।

लेकिन सुन्दर अभी भोलानाथ की बात पचा नहीं पा रहा था। बात में कोई आकर्षण नहीं था, ऐसा नहीं था। मगर बात नई थी और नयेपन के कारण उससे एक अदृष्ट भय जुड़े होने की आशंका थी। ऐसा भी नहीं था कि कोई नई बात उसके गले उतरती न हो। उतरती थी, पर तब जब उसी बात को दो-तीन लोग कहें।

—बाप-दादा का घर है। मजबूरी आए, बेंच दो। बिना मजबूरी क्यों बेचूँ?

—बात यह है कि किसी चीज़ की अच्छी क़ीमत हर वक़्त नहीं मिलती है। अच्छी क़ीमत के लिए सही वक़्त चाहिए होता है। वह अब है और तभी मैं ज़ोर दे रहा हूँ। तुम सोच लो।

भोलानाथ ने फिर उसकी औरत से बात की। उसकी औरत इस मायने में तेज़ क़िस्म की थी कि वह अपने आदमी पर असर रखती थी और किसी बात में उसका क्या नफ़ा-नुकसान है इसको जल्द समझ लेती थी। उसकी रसेन्द्रियाँ भौतिक सुख-सुविधाओं के प्रति उन्मुख रहती थीं और चटक-मटक में उसकी पसन्दगी एक बच्चे जैसी थी। भोलानाथ ने उससे भी यही कहा कि बिला वजह घर ख़ाली डाले रखने से कोई फ़ायदा नहीं है और उसे उस चीज़ के इस समय काफ़ी अच्छे पैसे मिल सकते हैं। फिर यह भी कहा कि ख़ाली हालत में घर की ज़मीन को अड़ोसी-पड़ोसी कोई भी दाब सकता है।

भोलानाथ ने फिर उसके बड़े साले से बातचीत की, जो एक दूसरी जगह रहता था और जिसका उस घर से कोई भावनात्मक लगाव नहीं हो सकता था। वह हर बड़े और प्रभावशाली आदमी की बात समाधि लगाने जैसी मुद्रा में सुनता था और मानता था कि कही जानेवाली बात बहुत बड़ी होगी और उसे काटना नहीं चाहिए।

भोलानाथ ने इसके बाद सुन्दर को फिर बुलाया।

—ठीक है। औरत और उसके भाई की मरज़ी है। पैसे खरे मिलेंगे, छोड़ दूँगा।—सुन्दर ने वही छोटे-छोटे वाक्य बोलते हुए फ़ैसला दे दिया।

—हाँ, पैसे खरे दिलवाऊँगा।—भोलानाथ समझ गए कि अभी गाँठ के अन्दर एक और गाँठ है जिसे काटना है और बिना उसके कटे सुन्दर का फ़ैसला फ़ैसला नहीं है—तुम कितने पैसे चाहोगे?

—दो हज़ार।

भोलानाथ ने उसे गहरी निगाह से देखा। वह अपने सुरमई ओंठों को कसे हुए था और उसकी सारी मुद्रा ऐसी थी जैसे वह इतनी रक़म तय कर चला हो और वह उसे अनुचित भी न मानता हो। जब आदमी अपने को सही मानता हो तो उसे उसके सहीपन से हटाना मुश्किल होता है।

—सुन्दरलाल! यह रक़म तो बहुत-बहुत ज़्यादा है। यह तो किसी चीज़ को न देनेवाली बात हुई।—भोलानाथ का स्वर नरम भी था और उसमें शिकायत भी थी—जोखे का घर तुमसे दुगुना बड़ा होगा और उसके बारह सौ रुपये दिये गए। उस हिसाब से तुम्हारे घर की क़ीमत छह सौ ही होती है।

—मैं दो हज़ार लूँगा।

—सुन्दरलाल! पैसे का सवा पैसा माँगना ठीक होता है, तीन और चार पैसे नहीं। मैं तुमको दाम बाज़ारी क़ीमत से ज़्यादा ही दिलाऊँगा, पर सेठ इतने ज़्यादा तो नहीं दे सकता।

—मैं दो हज़ार लूँगा।—सुन्दर अशिष्ट न होते हुए भी अशिष्ट लग रहा था, जिद्दी भी।

—मुँहमाँगा वरदान तो भक्त भी अपने भगवान से नहीं पाता है। पैसे अच्छे लो, पर वे इतने बढ़े-चढ़े भी न हों कि कोई दे न सके।

—मैं दो हज़ार लूँगा।

भोलानाथ समझ गए कि अभी उससे इस सम्बन्ध में और बातें करना असार्थक है। उन्होंने उसकी औरत से बातचीत फिर की और कहा कि वह यह तो सोचे कि उसके मकान की बाज़ारी क़ीमत क्या हो सकती है और उस लिहाज़ से उसे क्या मिलना चाहिए।—भोलानाथ ने उसके साले से भी दुबारा बातचीत की और कहा कि टट्टू के दाम घोड़े जितने तो माँगे जा सकते हैं, पर हाथी जैसे नहीं। भोलानाथ ने इसके बाद सुन्दर से बातचीत फिर की।

भोलानाथ ने फिर गाँठ के अन्दर की उस दूसरी गाँठ को भी काट दिया और एक हज़ार रुपये में लिखा-पढ़ी करवा दी।

इसके बाद चन्दर का नम्बर था, जो रिक्शा चलाता था। वह सस्ते क़िस्म का एक ग़ैर-ज़िम्मेदार नौजवान था और अक्सर दो-दो, तीन-तीन रोज़ घर न आता था। खाने को वह किसी ढाबे में खा लेता था और सोने को किसी दूकान की सफील या पटरे पर, या फिर एक किनारे किसी सायबान के नीचे रिक्शा खड़ा कर उसकी गद्दी पर ही ऐसे-वैसे जिस्म फैला लेता था। उसके लिए यह कहा जाता था कि रेलवे के एक खलासी की दुहाजू

बीवी से उसकी आशनाई है और घर जो वह कई-कई दिन नहीं आता है तो उसका एक कारण उस औरत का चक्कर भी है।

चन्दर के पास अपना रिक्शा नहीं था और वह किराये पर चलाता था। किराया वह अक्सर दे नहीं पाता था और उसका रिक्शा-मालिक से झगड़ा हो जाता था। पहले वह अकड़ता था, पर जब मालिक भी अकड़ने लगता था और कड़ा हो जाता था तो उसकी अपनी अकड़ नरम पड़ जाती थी और अपनी प्रकृति के विरुद्ध वह ख़ुशामद कर लेता था। लेकिन इस ख़ुशामद के तुरन्त बाद, काम निकल जाने पर, वह इस-उसको सुनाता हुआ मालिक को गन्दी-गन्दी गालियाँ देता था और यों ज़ाहिर करता था कि उसका असली रंग यह है और वह नहीं जो मालिक के आगे कुछ पहले देखा गया था।

भोलानाथ ने उसको जो लालच दिया वह यह कि वह सेठ से उसको एक नया रिक्शा ख़रीदवा देगा और फिर जो वह रिक्शा चलाएगा, उसका मालिक ख़ुद होगा। चन्दर के मन में भी रिक्शा अपना होने की इच्छा थी, किसी क़दर कुछ तेज़ ही, और मालिक से झड़प होने पर यह इच्छा और भी तेज़ हो जाती थी।

उसी घर में चन्दर का बड़ा भाई बराती अपने बीवी-बच्चों के साथ रहता था। उसका अपना वही पुश्तैनी पेशा कपड़े धोना था और आसपास के खाते-पीते घरों में उसकी जिजमानी थी। ज़रूरत पड़ने पर वह उन घरों से दस-बीस रुपये पेशगी ले आता था और जिजमानों को उसकी बात और नीयत पर यकीन था। स्वभाव में अगर चन्दर 3 था तो वह 6, यानी बिलकुल उल्टा।

बराती ने घर बेचे जाने में अपनी स्पष्ट असहमति प्रकट कर दी। पर चन्दर पर नया रिक्शा पाने का जनून सवार हो गया था। जब बराती ने महसूस किया कि चन्दर किसी भी सूरत में मानेगा नहीं और जब उसे यह भी डर लगा कि चन्दर कहीं पूरा हिस्सा लिखकर सारी रक़म ख़ुद ही न डकार जाए, तो मजबूरन फिर उसने भी अपनी सहमति दे दी और दोनों ने एक साथ मिलकर लिखा-पढ़ी कर दी। रजिस्ट्री के दफ़्तर में सब-रजिस्ट्रार के सामने बैनामे पर अपना अँगूठा लगाते हुए जबकि बराती की आँखें डबडब कर रही थीं, चन्दर

की पुतलियों में उस नशे का सरूर था, जो उसने कुछ पहले एक पनवाड़ी की दूकाने पर किया था।

नौ में से तीन मकान मिल गए थे, यानी अगर मिलना मंज़िल थी तो वह एक-तिहाई तय कर ली गई थी और लड़ाई थी तो शत्रु-क्षेत्र की चौकियों में से एक बटा तीन पर अधिकार पा लिया गया था। सेठ अमरनाथ को अब विश्वास हो गया था कि उन्हें अपने मिल के लिए वह जगह अवश्य मिल जाएगी। इस नगर में उनके पड़ाव अब लम्बे-लम्बे होने लगे थे। भोलानाथ ने अमरनाथ को यह सलाह दी कि और आगे बढ़ने से पहले ख़रीद लिये गए वे तीन मकान खसा दिये जाएँ और उन पर क़ब्ज़ा ले लिया जाए। दरअसल यह भी न आगे बढ़ते हुए आगे बढ़ने का एक तरीक़ा था। बाक़ी बच रहे घरों पर तब एक आतंक-सा छा जाएगा और उस आतंक के दबाव के नीचे उन घरों को कुछ आसानी से पाया जा सकता था।

तीन घर खसा देने का परिणाम यह हुआ कि उनसे लगे हुए दो घरों की एक-एक दीवार गिर गई, अर्थात् वे तीन दीवारों के घर हो गए। अमरनाथ का कहना था कि वे दीवारें उनके ख़रीदे हुए मकानों में आती थीं। उनमें एक घर भोलानाथ के अपने बरेठा गोपी का था। भोलानाथ ने उसे भी यह सलाह दी कि जब मकान के अच्छे दाम मिल रहे हैं तो बिना अनावश्यक मोह किये हुए उसे उसको छोड़ देना चाहिए। उन्होंने उसे अपना काम फैलाने की भी सलाह दी और कहा कि बाज़ार में कोई दूकान लेकर उसे लांड्री खोल लेना चाहिए। कारीगर को अपने काम का ढंग ज़माने की रफ़्तार के हिसाब से बदलते रहना चाहिए, नहीं तो वह पिछड़कर पिट जाता है। आज के समय में इस पेशे से जुड़ा हुआ लांड्री खोलकर ही अपने को बनाए रख सकता है।

वे दो मकान भी क़ब्ज़े में आ गए और फिर वे भी खसा दिये गए।

इस बार जमुना की कोठरी की एक दीवार गिर गई। खरे दिमाग़ की खरखरी जमुना तमककर गालियाँ बकने लगी और उसका लड़का ग़ुस्से में तपकर ऐसा होश खो बैठा कि उसने दीवार खसानेवाले मज़दूर पर लाठी चला दी। लाठी मज़दूर के सिर पर लगी और वहाँ से भल-भल कर ख़ून बहने लगा।

लाल लिसलिसा ख़ून देखकर जमुना की तमतमाहट और उसके बेटे का ग़ुस्सा काफ़ूर हो गया। उनकी सिट्टी-पिट्टी गुम हो गई। हाथ-पैर फूल गए। जब दूसरी ओर से किसी ने यह कह दिया कि रपट लिखाकर मामला पुलिस को दे दिया जाएगा तो उनके पैरों के नीचे से ज़मीन खिसक गई। आँखों के आगे काला-पीला हिलने लगा। उनकी शक्ल भीगे हुए लथपथ पुतले जैसी हो गई या हवा निकले टायर की तरह। उन्होंने कान पकड़ लिये। वे पैयाँ-पलाँटी करने लगे कि उनसे बहुत भारी ग़लती हो गई है और वे माफ़ कर दिये जाएँ।

फिर जमुना का मकान भी मिल गया।

फिर कन्हई का भी मिल गया।

# नौ

बस्ती के उन खसे-ढहे हुए मकानों के बीच बस एक राधे भगत का मकान खड़ा रह गया था। वह एक ओर अलग होता हुआ भी बीच में था। वह मिट्टी से पुती अपनी चिकनी दीवारों और उन पर टिके सुडौल छप्पर और खपरैल के भूरे-ललछौंहे खपटों के साथ यों दिखाई देता था जैसे रुग्ण, जर्जर और विकलांगों के बीच वह एक स्वस्थ शरीर हो, या उदासी और दैन्य के बीच एक जीवन्त मुस्कान या किसी स्लेट पर खिंचे कटे-पिटे और शून्य के निशानों के बीच सही का एक स्पष्ट चिह्न।

तीसरे पहर का वक़्त था और भगत नरकुल की बुनी बैठकी पर आँगन में बैठा था, जहाँ आधे हिस्से में धूप थी और आधे में छाँह। वह नीचे घुटनों तक धुली हुई धोती और ऊपर मारकीन की खाँड़ जैसे रंग की बंडी पहने था। उसके गले में रुद्राक्ष की माला थी। सिर पर छोटे-छोटे सफ़ेद बाल थे, जैसे शरद पूर्णिमा का अमृतरस पाने के लिए किसी सुगृहिणी ने खीर पकाकर खुली रख दी हो। उसके जिस्म की त्वचा में एक कोमल चिकनापन था, मानो पंचतत्त्वों में से कोई तत्त्व वहाँ कुछ अधिक स्नेह से आ मिला हो। भगत के

पास उसका भतीजा सन्तू और सन्तू की घरवाली रुक्मनी बैठे थे। वे दोनों पिछले चार-पाँच दिनों से भगत को साध रहे थे कि वह ज़िद्द न करे और मकान छोड़ दे। जब औरों ने अपने-अपने ख़ाली कर दिये हैं तब अकेले वे ही वहाँ क्यों खूँटा गाड़े रहें। जहाँ सब तहाँ वे।

पर भगत अपने फ़ैसले पर अटल था। पुरखों के ज़माने से रहते चले आए हैं और पुरखों की देहरी वह नहीं छोड़ेगा।

भगत को जब पता चला था कि दूसरे मकान बेचे जा रहे हैं तो उसने उन मकानों के बरेठाओं को बुलाया था, जो रिश्ते में उसके भाई, भतीजे और पोते जैसे होते थे। दो-चार ख़ुद भी उसके पास नये संकट की चाबुक से सटकारे हुए आए थे और बचने का उपाय जानना चाहते थे। भगत ने उनसे कहा था कि धौंस और लालच में वे न आएँ और हर किसी दबाव से बचें। मकान उनके हैं और जब तक वे ख़ुद न निकलना चाहें उनको कोई नहीं निकाल सकता है। मकान छोड़ देने पर वे बेघर-बार के हो जाएँगे और पता नहीं पैर टिकाने को कौन-सा ठाँव-कुठाँव मिले और किन लोगों की संगत-कुसंगत। बुरी संगत मिलने पर बेरी के पास लगे केले के गाछ जैसी उनकी दुर्दशा हो जाएगी। तब वे बिला खूँटे के जानवर सरीखे भी हो जाएँगे जो हर दरवाज़े पर रुकने पर दुत्कार दिया जाता है। उन लोगों ने उत्तर में कहा था कि वे अपने मकान नहीं बेचेंगे और कइयों ने सौगन्ध तक खाई थी। पर बाद में वे अपनी बातों और सौगन्ध से यों हट गए थे जैसे कच्चे आधारवाली ईंट ज़रा-सा दबाव पड़ने पर अपनी जगह छोड़ देती है।

सन्तू भगत को ख़बर देता कि आज सुन्दर ने मकान बेच दिया है, आज बराती ने, आज गोपी ने—। भगत की प्रकाशहीन पुतलियों पर पलकें तेज़ी से गिरती-उठतीं, उसके चौड़े माथे पर दो-तीन सिलवटें पड़ जातीं और चेहरे का पकी मिट्टी जैसा रंग व्यथा से कुछ साँवला पड़ जाता। वह कुछ देर स्थिति को पचाता। फिर तरस खानेवाले स्वर में कहता—इन सबकी मत भरम गई है। ये धौंस और लालच में आते जा रहे हैं। ये बाद में रोएँगे और सिर धुनेंगे।

—दाऊ! ये सब चले जाएँगे और हम लोग अकेले रहेंगे?—सन्तू पूछता। उसका चेहरा आतंक की अँगुलियों से मसोसा-सा होता और मूँछ की जड़ों में पसीना झिलमिलाता।

—हाँ, हम अकेले रहेंगे।—भगत पुख़्ता बर्तन जैसा बज उठता।

—ये लोग अँधेरी-ख़ाली जगहों में हमारा कुछ भी कर सकते हैं। वे लोग बहुत बड़े और पहुँचवाले आदमी हैं।—सन्तू के चेहरे पर आतंक की अँगुलियों का दबाव किसी क़दर सख़्त होता। उसकी मूँछ की जड़ के पास पसीना बूँद की शक्ल लेने लगता। उसकी बग़ल में उसकी घबड़ाई हुई औरत गोद में अपना बच्चा डाले आकर बैठ जाती।

—डरो मत। ईसुर पर भरोसा रखो। डर उसे लगना चाहिए जिसके हाथ में ग़लत की कच्ची डोर हो। सही की पक्की डोर पकड़नेवाले को डर काहे का?—भगत की आवाज़ वैसी ही पुख़्ता होती।

—पर दाऊ, अच्छी तरह सोच लो। मेरी तो मरजी है जो सबकी गत, वह अपनी।—उसकी मूँछ की जड़ के पास बन गई बूँद चू पड़ती।

उसकी पत्नी भी सहमी हुई-सी बोलती—दाऊ, हम लोगों को हठ नहीं करना चाहिए। जब सब दूसरी जगह घर लेंगे, हम भी ले लेंगे।

—भगत घर छोड़ने की राय नहीं देगा।—भगत अपना न बदलनेवाला निर्णय दे देता।

वे कसमसाकर चुप रह जाते और मसोसे हुए चेहरे लेकर उठ जाते। वे अन्य कामों में अपने को उलझाने की कोशिश करते ताकि आतंक की अँगुलियों के दबाव के एहसास को ज़्यादा-से-ज़्यादा भुलाया जा सके। भगत के अपने कोई औलाद नहीं थी। उसके दो भाई थे और दोनों की औलादें थीं। एक के दो लड़कियाँ थीं और एक के एक लड़का और एक लड़की। इन दोनों ही भाइयों के जीवन-दीपक में आयु का तेल कम था और वे जल्द बुझ गए थे। भगत ने ही बच्चों की परवरिश की थी और उनकी शादियाँ और दूसरे काम रचाए थे। वे सब भी भगत को पिता तुल्य मानते थे और चाहते थे कि भगत को उनकी ओर से कोई कष्ट-व्यथा न हो। सन्तु यों पीने का

आदी नहीं था, पर नशे से उसे परहेज़ भी नहीं था। महीने में दो-एक बार जब वह संग-सोहबत में पी लेता था तो उसकी पत्नी रुक्मनी की कोशिश यही होती थी कि भगत को उसका पता न लगे। वह सन्तू को चुपके से कोठरी में लाकर लिटा देती थी और पूछे जाने पर भगत से उसके कहीं गए होने का बहाना कर देती थी। भगत अगर बच्चों की बातों से जान जाता था तो वह तुरन्त उस सम्बन्ध में कुछ न कहकर बात को पचा जाता था और रामायण की चौपाइयाँ सस्वर उचारने लगता था। बाद में सन्तू से सामना होने पर वह अन्य बातों के साथ नशे की बुराइयों के बारे में भी कहता था। ऐसा अक्सर होता था। और हर बार ऐसा लगता था कि सन्तू भगत से डरा हुआ है।

भोलानाथ ने सन्तू को बुलाया था और बातचीत करने की कोशिश की थी। सन्तू सहमा हुआ था और उसने बिला हीला-हुज्ज़त के कह दिया कि वह भगत को राज़ी कर ले। उसे कोई आपत्ति नहीं। भोलानाथ ने उसे ऐसा संकेत किया कि मकान के एक बड़े हिस्से का क़ानूनन वह हक़दार है। इस पर उसने हाथ जोड़ दिये और कहा कि भगत ने उसे छुटपन से अपने बेटे जैसा पाला-पोसा है और भगत के सामने मकान भगत का ही है और वही उसके बारे में कोई फ़ैसला ले सकता है।

भोलानाथ भगत से मिलने स्वयं आए थे। भगत को उन्होंने अपने यहाँ बुलाना उचित नहीं समझा। एक तो अन्धे होने के कारण उसे आने में दिक्कत हो सकती थी, दूसरे भगत में स्वाभिमान कुछ अधिक गहरा था और उस स्वाभिमान को छू-छेड़कर वह प्रारम्भ में ही तनाव की स्थिति नहीं लाना चाहते थे। अपने यहाँ आया देखकर भगत ने उनसे राम-राम की और तख़्त पर आदर से बैठाया। लेकिन जब भोलानाथ ने मकान देने की बात कही तो भगत कड़ा पड़ गया और साफ़ इनकार कर दिया—ऐसा तो नहीं हो सकता, बाबू साब। भगत को पुरखों की देहरी बहुत प्यारी है।

भोलानाथ ने वही दलील दी—भगत! पुरखे भी कभी कोई दूसरी देहरी छोड़कर यहाँ रहने-बसने आए होंगे। फिर तुम ख़ुद भी बूढ़े और पुरखे सरीखे हो और जहाँ भी जाकर रहोगे, वही पुरखों की देहरी बन जाएगी।

—बाबू साब। बात के लिए आप मुझे क्या सन्तू के छोरे गोधन को भी पुरखा बता सकते हो।—भगत हल्के से बिहँसा। उसके अगले दो दाँत गिर चुके थे, पर किसी विकृति के स्थान पर उनसे चेहरे पर एक बच्चे जैसा भोलापन और कोमलता ही उभरी थी—बाबू साब! बात से बात काटी जा सकती है, पर सच्चाई जो है वह बिला कटे रहती है।

भोलानाथ हतप्रभ नहीं हुए। वह जानते थे कि भगत गुना हुआ है और बात को बात से लौट सकता है। वह भगत से उम्र में चार-पाँच साल छोटे बैठते थे, पर अनुभव में अपने को ज़्यादा बड़ा और भारी मानते थे। वह मानते थे कि आदमी को प्रारम्भ की दस-पाँच असफलताओं से साहस नहीं खोना चाहिए और वह अपने प्रयास बराबर जारी रखे। जो गाँठ सख़्त होती है, कटती वह भी है, पर लगातार चोट-पर-चोट खाकर और कुछ अधिक समय और श्रम लेकर।

—भगत! और सब घर ख़ाली हो गए हैं और सिर्फ़ एक तुम्हारा रह गया है।

—हाँ, बाबू साब। आपने अपनी जान में भगत को अकेला कर दिया। पर जीव अकेला नहीं होता, उसके साथ ब्रह्म भी रहता है। गरभ में सिसु के साथ कौन होता है? ब्रह्म ही न! इसीलिए सिसु जीवित रहता है।

—तुमको मालूम ही होगा कि एक सेठ यहाँ तेल की मिल लगवा रहा है। अब तुम्हारा घर उसमें बाधा नहीं बनना चाहिए, भगत। वह मिल भी तुम अपनी ही समझो।—भोलानाथ अपने को बराबर ठंडा और नरम बनाए रख रहे थे। उनके विचार से संघर्ष के दौरान जो ठंडा और नरम रहता है, वही अपनी ताक़त को अन्त तक बनाए रहता है।

—बाबू साब! मैंने अरज़ की थी कि सच्चाई बातों से कटती नहीं है, वह बनी रहती है। वह मिल सेठ अमरनाथ की होगी, राधे भगत की नहीं, न चन्दर, बराती, सुन्दर, कन्हई बरेठा की, जिन्होंने अपने-अपने घर उसके लिए बलिदान कर दिये हैं।—भगत बातों के बीच में आँखें उठाकर कभी-कभी यों ताकने लगता था, जैसे उन आँखों में भरपूर दृष्टि हो और वे प्रकाशहीन न हों।

—भगत, यह कोई भी शिकायत नहीं कर सकता है कि सेठ ने इन लोगों को दबाया है या भोलानाथ ने मकानों की कम क़ीमत दिलाई है। बाज़ार भाव जिसका पाँच सौ से कम ही होगा, उसके एक हज़ार रुपये तक दिये गए हैं।

भगत इस बार हँसा नहीं, बल्कि उसके चेहरे का रंग कुछ चटक हो गया, अन्दर जैसे एक लौ प्रज्वलित हुई हो और उसकी दीप्ति बाहर तक बिछल आई हो—बाबू साब! प्रेम न बाड़ी ऊपजे, प्रेम न हाट बिकाय। अपनी जननी या सरीर पोसनी का मोल-भाव नहीं होता है। आप जिसे ईंट और गारे की दीवार कहते हो, मैं उसे माँ की सरण देनेवाली बाँह मानता हूँ। आप जिसे फरस कहते हो, मेरे लिए वह ममतामयी माँ की गोद है।—भगत के चेहरे का रंग कुछ और चटक हो गया, जैसे अन्दर की लौ इस बार कुछ और ऊँची उठकर बिछली हो—बाबू साब! आपने बातों से सुन्दर, चन्दर, बराती, जोखे के लिए सच्चाई काट दी, पर भगत जानता है कि सच्चाई कभी कटती नहीं है। वह ब्रह्म की तरह अविनासी है।

भोलानाथ दस-पन्द्रह मिनट और बैठे। वह जो दलील रखते, भगत उसको अपनी दलील से दबा देता। व्यावहारिक बात के ऊपर वह आध्यात्मिक बात रख देता। उन्हें लगा कि यह सिलसिला टूटेगा नहीं। उन्होंने उस समय फिर वहाँ से उठ आना ही उचित समझा।

वह दो दिन बाद वहाँ फिर गए।

—भगत, कुछ और सोचा?

—मैंने जो कहा था बाबू साब, सो सोचकर ही कहा था।—भगत वैसा ही अविचल था।

दो दिन बाद भोलानाथ फिर गए।

—भगत, तुम कहते हो कि मोह बुरी भावना है। वह माया का रूप है। फिर तुम्हें इस घर से इतना मोह क्यों है? यह क्या भौतिक पदार्थ के प्रति आसक्ति नहीं है?

—बाबू साब। आप सही शब्दों का परयोग नहीं कर रहे हैं। अरथ तभी गलत हुए जा रहे हैं। ईसुर से लगाव प्रेम होता है, मोह नहीं। आप घर को

संसारिक वसतु मानते हैं, मेरे लिए वह माँ सरीखी है। माँ कभी वसतु नहीं होती।—भगत ने अपनी बात को समेटा—बाबू साब! आप मेरी बात को मेरे द्रिस्टकोण से देखिए :

*यह तत वह तत एक है, एक प्रान दुइ गात।*
*अपने जिउ से जानिए मेरे जिउ की बात॥*

—भगत, तुम मुझसे अपना दृष्टिकोण समझने के लिए कह रहे हो। पर तुम मेरा भी समझो। तब अन्तर पट जाएगा।

भोलानाथ वहाँ से फिर उठ आए। उन्हें लगा कि गाँठ काटने के लिए उन्होंने जहाँ पर वार किया था, वह शायद ग़लत जगह थी। वह दूसरी और तीसरी जगह से वार करेंगे। हर गाँठ कटती है। वह कहाँ पर से काटी जाए, बस काटनेवाले को इसकी सही पहचान होनी चाहिए।

सेठ अमरनाथ ने भोलानाथ से कहा कि न हो तो कोई झगड़ा-फसाद या लफड़ा खड़ा कर दिया जाए या मकान को ज़बरदस्ती खसवा दिया जाए। जब और सब मकान क़ब्ज़े में आ गए थे तो वही आने से क्यों बचा रहे? वैसे भी उसकी स्थिति बीच में थी और उसका पाना अनिवार्य जैसा था। दंगा-फ़साद या ज़ोर-ज़बरदस्ती उनकी व्यावसायिक सफलता की पुस्तक में 'करिए' की सूची में आता था। फिर वह उसके लिए सामर्थ्यवान भी थे। पर भोलानाथ ने उस पर अनुमोदन की मोहर नहीं लगाई और कहा कि वह अभी धीरज रखें। जो काम सही ढंग से हो सकता है उसको सही ढंग से ही किया जाना चाहिए, भले ही उसमें कुछ देर लगे। सही ढंग से किये गए काम में दूसरे पक्ष का असन्तोष कुछ कम ही होता है। कहने को ही नहीं, भोलानाथ का ऐसा स्वभाव बन गया था कि वह मारतोड़ या हिंसा के कृत्यों को अच्छी नज़र से देख नहीं पाते थे। उनके प्रति उनमें वितृष्णा-सी थी। वैसा कोई काम करने का अर्थ था स्वयं को अन्य पर बर्बरता द्वारा स्थापित करना। यह स्थिति उनके गले उतरती नहीं थी। यह तो एक अर्थ में अपनी असमर्थता को संकेतित करती थी। इसीलिए वह सही और न्यायपूर्ण रवैये को ही वरीयता देते थे, यह दूसरी बात रही कि

दूसरे की नज़र में वह ग़लत और अन्यायपूर्ण हो। पर यह दो दृष्टिकोणों की विभिन्नता थी। भोलानाथ अपने दृष्टिकोण को कभी इसलिए नहीं बदल सकते थे कि दूसरे का दृष्टिकोण वैसा नहीं है या उसके सर्वथा प्रतिकूल है।

भोलानाथ ने कहा कि भगत से हफ़्ता, दो हफ़्ता इस सम्बन्ध में कुछ न बोला जाए, न उसके भतीजे सन्तू से ही। उनको यों ही छोड़ दिया जाए, अनुतप्त और विमुख बने रहकर। वहाँ अभी भावना की गरमाहट है और उसके ठंडे होने की प्रतीक्षा की जाए। इस कहने के पीछे यह विचार था कि दूहों और खंडहरों के बीच की भयावह एकान्तता को शायद वे एक लम्बे समय तक सहन न कर सकें, और जिसे आज कहने और समझाने पर भी नहीं मान रहे हैं, कुछ दिनों बाद उसे अपने-आप मान लेंगे।

सेठ अमरनाथ को इतनी ज़्यादा उतावली भी नहीं थी। अभी वह कुछ दिन और इन्तज़ार कर सकते थे। तामीर से पहले उन्हें इमारती सामान वग़ैरह की व्यवस्था करनी थी।

अब दिन का प्रकाश वहाँ फैलता तो टूटी, ज़रब खाई दीवारें, उनसे लिपटी वीरानगी, बढ़ी हुई घास, अलग हुए पपड़े और उनसे बने खोहनुमा सूराख और गड्ढे नंगे, अनढके हो जाते। दोपहरी साँय-साँय करती और हवा धूल और कचरा उड़ाती हुई ख़ौफ़नाक सीटियाँ बजाती। कौवे-चीलों के साये अपसगुनों से डोलते। रात के घिरते अन्धकार के साथ भयावहता भी काली बन जाती। कोई कुत्ता या बिलार दौड़ लगाता हुआ निकलता तो अमूर्त भयावहता जैसे सिमटकर मूर्त हो जाती।

डरा और घबड़ाया हुआ सन्तू अब कुछ और ज़्यादा डरा और घबड़ाया हुआ दीखता। बनैला आतंक—हू-हू कर उसे रौंद गया होता। वैसी ही हालत उसकी औरत रुक्मनी की भी थी। शाम को दूर-दूर तक अँधेरा होता। सिर्फ़ उनके घर में दीया जलता होता। ऐसा लगता कि बाढ़ के चढ़े गँदले पानी में बस एक ही नाव उतरा रही है। वे भगत से रोज़ चिरौरी करते कि दाऊ, जब सबने घर छोड़ दिये हैं तो उनको भी छोड़ देना चाहिए। यह तो जंगल में बसना हुआ।

भगता कहता—अगर सब ग़लती करते हैं तो यह कहाँ की बुधमानी है कि हम भी ग़लती करें। घबड़ाओ नहीं। रहने को लोग जंगल में भी रहते हैं। चौदह बरस स्वयम भगवान राम जानकीजी को लेकर जंगल में रहे थे।

एक रात सन्तू को लगा कि मकान के पीछे कोई है। उसने रुक्मनी को झिंझोड़ा। उसे भी वैसा कुछ लगा। वे मन में राम-राम जपते रात-भर जागते रहे।

सन्तू ने सुबह भगत को बताया और भगत ने कहा कि उसका भरम होगा। डरा हुआ आदमी हर खड़क में डर देखता है।

एक दूसरी रात रुक्मनी को लगा कि खपरैल पर कोई है। उसने सन्तू को झकझोरा और सन्तू को भी वैसा लगा। खपरैल के खपटे खड़के थे। सन्तू ने भगत को टेर दी और भगत ने खपरैल की ओर मुँह कर ज़ोर से धुत-धुत की। पीछे गलियारे में किसी के कूदने का धमाका हुआ और फिर वह आवाज़ गुम हो गई। भगत ने कहा कि बिलार था।

पर सन्तू और रुक्मनी उस रात भी नहीं सोए और उन्होंने भगत से फिर मकान छोड़ देने को कहा और इस बार कुछ बिगड़ी हुई आवाज़ में। भगत ने उनको जो उत्तर दिया वह प्रश्न के रूप में—भगत को भय क्यों नहीं लगता है? भय बाहर न होकर क्या मानुस के अपने अन्दर नहीं होता है?

रुक्मनी का मायका उसी शहर में था, क़रीब छह फलांग पर। वह बच्चों को लेकर दिन में गई तो फिर नहीं लौटी। सन्तू शाम को लिवाने गया तो साले के साथ नशा कर लिया और वहीं लेट गया। भगत उस रात घर में बिलकुल अकेला रहा।—तख़्त पर लेटने से पहले वह देर तक चौपाइयाँ उचारता रहा :

*सोइ सर्वग्य गुनी सोइ ग्याता।*
*सोइ महि मंडित पंडित दाता॥*
*धरम परायन सोइ कुल त्राता।*
*रामचरन जाकर मन राता॥*

आधी रात को नींद उचट गई तो वह चौपाइयाँ सस्वर फिर उचारने लगा।

चौथे दिन फिर ऐसा ही हुआ। उस दिन एकादशी थी और भगत व्रत रखता था। शाम को वह गुड़ डालकर उबले हुए आलू या शकरकन्द खा लेता था और ऊपर से पाव-भर दूध ले लेता था। फलाहार सन्तू जुटाता था और रुक्मनी तैयार करती थी। वह उन दोनों के लौटने का इन्तज़ार करता रहा। पर न सन्तू की घरवाली आई और न सन्तू ही। सन्तू उस दिन भी नशा कर वहीं लेट गया था।

रात घिरी नहीं थी, फिर भी अँधेरा गहरा चला था। हवा भारी और नम थी। पानी के आसार थे। दोनों टट्टू बाहर थे और आहट से मालूम होता था कि वे दूर नहीं गए हैं। भगत ने दरवाज़े पर खड़े होकर हाँक लगाई—चलियो—चलियो—दुर्र—दुर्र—दुर्र्—ओ चलियो।

फ़ासले पर खड़े टट्टू हिनहिनाए और नाली के गिर्द जमी दूब पर मुँह मारने लगे।

—चलियो-चलियो—दुर्र—दुर्र—दुर्र्—ओ चलियो—भगत ने मुँह के गिर्द दोनों हाथों से भोंपा-सा बनाते हुए टट्टुओं की ओर हाँक फिर फेंकी। भगत चाहता था कि टट्टू अन्दर आ जाएँ तो वह छप्पर के नीचे बाँध दे और साँकल लगाकर लेटे। अब सन्तू और उसकी बीवी लौटेंगे नहीं।

जब तीन-चार बार हाँक लगाने के बाद भी टट्टू सिर्फ़ हिनहिनाकर ही रह गए और अपनी जगह से आगे बढ़ने का आभास नहीं दिया तो भगत उनको हाँकने के लिए उधर चल दिया—टटुओं, पानी आ रहा है और भीज जाओगे।—चलियो-चलियो—दुर्र—दुर—दुर्र्—ओ चलियो—

पानी सच में आ गया और शुरू से ही एकदम तेज़। भगत रास्ते में था। वह दोनों हाथ से मुँह झाँपकर खड़ा हो गया। पर एक ही मिनट बाद टट्टुओं की ओर हाँक लगाता वह उधर फिर बढ़ चला—चलियो—चलियो—दुर्र—दुर्र—दुर्र्-ओ चलियो—।

पानी की तेज़ बौछार से टट्टुओं के कान खड़े हो गए थे। वे कान खड़े कर ज़ोर-ज़ोर से हिनहिनाते और फिर गर्दन डालकर दूब में मुँह मारने लगते। फिर कान खड़े कर हिनहिनाते और फिर दूब में मुँह मारने लगते।

भगत भीगता-भीगता पास पहुँच गया था। पर जब तक वह हाँके-हाँके, टट्टू चौंककर ज़ोर से हिनहिनाते हुए एक ओर भाग खड़े हुए। वे फिर मुड़े और भागते हुए खुले दरवाज़े से घर के अन्दर हो गए।

भीगता और मुँह झाँपता अन्धा भगत जब लौटने के लिए ख़ुद मुड़ा तो बहक गया। कुछ दूर जाने के बाद उसे ज्ञान हुआ कि वह बहक गया और इस बहक को सही करने की कोशिश में वह और भी बहक गया।

एक टूटी हुई दीवार उसे मिल गई थी और वह उससे सटकर खड़ा हो गया। ओट हो जाने के कारण बौछार की मार किसी क़दर कम हो गई थी, पर वह इतनी तो थी ही कि किसी को आसानी से भिगो देती। भगत ने अपने को संयत किया और चौपाइयाँ गाने लगा :

*मुनि पद कमल बन्दि दोउ भ्राता।*
*चले लोक लोचन सुख दाता॥*
*बालक वृन्द देखि अति सोभा।*
*लगे संग लोचन मनु लोभा॥*
*पीत बसन परिकर कटि भाथा।*
*चारु चाप सर सोहत हाथा॥*
*तनु अनुहरत सुचन्दन खोरी।*
*स्यामल गौर मनोहर जोरी॥*

चौपाइयों को वह कुछ बुलन्द आवाज़ में ही गा रहा था, जैसे गाता था। पर इस वक़्त पानी का गहराता शोर दीवार बनकर आवाज़ को फैलने से रोक रहा था। नहीं, स्वर के पाखी के लिए पानी पिंजरा बन गया था। बादल गहरे थे और पानी हरहराकर गिर रहा था। भगत की भीगी हुई फतुई और धोती उसके जिस्म से खाल की तरह चिपक गई थी और पानी सिर, मुँह और गर्दन से रेंगता हुआ नीचे उतर रहा था।

चौपाइयाँ गाता हुआ वह कुछ देर रुकता और रुकने पर जब उसे भीगने की सिहरन का एहसास होता तो चौपाइयाँ फिर गाने लगता :

*बिनु सन्तोष न काम नसाहीं।*
*काम अछत सुख सपनेहुँ नाहीं॥*
*राम भजन बिनु मिटहिं कि कामा।*
*चल बिहीन तरु कबहुँ कि जामा॥*

पानी कुछ और तेज़ हो गया था। नहीं, पानी शायद वैसा ही था और हवा ही तेज़ हो गई थी। बौछार मुँह और गर्दन पर चाबुक की तरह पड़कर नीचे तक लपलपाती चली जाती। भगत अब भीगेपन और सिहरन को शिद्दत से महसूस करने लगा था। एकादशी के पूर्णरूप से निराहार हो गए व्रत ने भीगेपन और सिहरन के इस एहसास को कुछ और भी तीखा कर दिया था। एकाएक भगत ने सोचा कि यह दीवार किस घर की हो सकती है। वह दीवार पर हाथ फेरने लगा। रेंगता हुआ हाथ एक छोटे आले में आकर ठहर गया। भगत आले को लेकर पहचान उभारने लगा। उसे लगा कि वह सुन्दर के घर की दीवार है। बाहर की ओर उसमें डेढ़ बित्ता चौड़ा एक आला था। आले की तलही में एक उथला गड्ढा भी था। यहाँ भी ऐसा गड्ढा है। हाँ, यह सुन्दर के घर की ही दीवार है। जगह निश्चित हो गई थी और वह हिसाब बैठाने लगा। वह इस घर से बीस डग पूरब सीधा चलता चला जाए और फिर उत्तर की ओर पाँच डग घूमे तो वह अपने घर की पछीत पा सकता है। वहाँ से फिर वह उत्तरी दीवार के सहारे बढ़ता हुआ अपने दरवाज़े पर पहुँच जाएगा। वह उठ खड़ा हुआ और चलने लगा। पानी अब भी गिर रहा था और उसकी मार वैसी ही तेज़ थी। मिट्टी फूल गई थी और ज़मीन रपटीली थी। दो बार अपने को सम्हालते-सम्हालते तीसरी बार वह फिसल गया। उसकी दाहिनी टाँग दोहरी हो गई और सिर धरती से जा लगा। कीचड़ यहाँ-वहाँ देह से लथड़ गई। उसने अपने को सीधा किया। पैर में मचक और उसका गर्म दर्द था। उसने हाथ बढ़ाकर टटोला। वहाँ भी एक दीवार थी। वह थरथर काँपता हुआ फिर उसी दीवार से लगकर बैठ गया। पाँच-सात मिनट उसने अपने को सहेजा और इस बार कबीर का पद गाने लगा :

*करम गति टारे नाहिं टरी।*
*मुनि बसिस्ठ से पंडित ग्यानी सोध के लगन धरी।*
*सीता हरन मरन दसरथ को बन में बिपति परी।*
*—ओ बन में बिपति परी।*
*पांडव जिनके आप सारथी, तिन पर बिपति परी।*
*—ओ तिन पर बिपति परी।*
*कहत कबीर सुनो भाई साधो, होनी हुइ के रही।*
*—होनी हुइ के रही।*
*करम गति टारे नाहिं टरी।*

कुछ देर बाद पानी हल्का हुआ, फिर ठहर गया। पर हवा बाद तक झरझराती रही। भगत की देह में सर्दी जैसे अन्दर तक पैठ गई। वहाँ रह-रहकर कँपकँपाहट दौड़ती। भीगी फतुई सीने पर बर्फ़ की परत जैसी लग रही थी। भगत फिर गाने लगा :

*सोइ सर्वग्य गुनी सोइ ग्याता।*
*सोइ महि मंडित पंडित दाता॥*
*धरम परायन सोइ कुल त्राता।*
*रामचरन जा-रामचरन जा-रामचरन जा—*

भगत चौपाई भूल गया था और अधूरी चौपाई सूई में फँसे रिकॉर्ड की तरह एक ही आवाज़ निकाल रही थी। दो चौपाइयों के बाद भगत फिर एक और चौपाई भूल गया।

क़रीब आठ बजे सुबह धूप फैले सन्तू जब वहाँ आया तो भगत तेज़ ज्वर में अचेत-सा वहीं दीवार के पास गठरी की तरह पड़ा था और रह-रहकर एक अधूरी टूटी चौपाई बुदबुदा उठता था।

सन्तू फिर कुछ ऐसा घबड़ाया कि भगत को अपनी ससुराल उठा ले गया। भगत को तेज़ ज्वर छोड़े नहीं छोड़ रहा था। मुचका हुआ पैर सूज गया था। भगत की ऐसी हालत में, दबाव सहन न कर सकने पर, सन्तू ने

फिर अपने हिस्से का बैनामा कर दिया। दूसरे भाई की दोनों लड़कियों ने भी अपने-अपने हिस्से की लिखा-पढ़ी कर दी। सेठ अमरनाथ को वकील ने राय दी थी कि भगत का हिस्सा रह जाता है तो रह जाए। पाँच-सात गज़ के टुकड़े के लिए अगर वह अदालत में जाकर लड़ना चाहे तो लड़ सकता है। जीतने पर उसे मुआवज़ा दे दिया जाएगा। पर भोलानाथ ने भगत के हिस्से का भी रुपया सन्तू को दिला दिया।

वह मकान भी फिर ढहा दिया गया। कटे-पिटे और शून्य के निशानों के बीच उभरा हुआ सही का वह अकेला निशान भी फिर कटे-पिटे में बदल गया।

# दस

उस बस्ती में काम तेज़ी से शुरू हो गया। खड़ी रह गई दीवारें और दूहे खसाये जाने लगे। फावड़े, कुदालें और कसी की चोटें होतीं और बरसों से आसमान की ओर मुँह की हुई तामीर अरअराकर नीचे आ जाती। उन तामीरों पर बच्चों द्वारा कोयले से खींचे जाने के, आदमियों द्वारा रगड़कर बीड़ी बुझाए जाने के या कपड़े का हिसाब जोड़े जाने के और बहुओं-लड़कियों द्वारा आलते और सेन्दूर से सनी हुई अँगुलियों के पोंछे जाने के चिह्न बने होते और वे देखते-ही-देखते मिट्टी के ढेर में गुम हो जाते। फिर उन हथियारों से धरती पर वार होते और जमी मिट्टी के पपड़े उचलने लगते और नींव के लिए गहरी-गहरी और लम्बी-लम्बी खाइयाँ ख़ुदने लगतीं। गड्ढे और खाइयाँ खुदी धरती यों दिखाई देती जैसे वहाँ एक ज़ख़्मी लाश पड़ी हो, या फिर वह एक ऐसी देह हो जो फोड़े, फुन्सियों, चकत्तों और नंगे दाग़ों से बेहद घिनौनी हो गई हो।

अट्ठारह-अट्ठारह, बीस-बीस मज़दूरों के जत्थे आते और काम करते। गाड़ियों पर लदकर आई ईंटें गिरतीं और उनका रोड़ा कूटा जाता—कुट-उट-कुट-उट और चट्टे बिछने लगते। ख़ाली हो गई गाड़ियों में मिट्टी भर दी

जाती। वे पहियों से किसकिसाती आवाज़ निकालतीं और गहरी लीकें बनाती चली जातीं। लौटते हुए वे फिर ईंटें लातीं और गिराकर फिर मिट्टी भर ले जातीं। यह सिलसिला अटूट रहता। बेरी और नीम की शाखों को काट-काटकर नीचे गिराया जाता और हरी, लहलहाती पत्तियाँ और अपनी रगों में रस-संचार करती टहनियाँ जीवन-स्रोत से विच्छिन्न हो जातीं।

हर चीज़ में वहाँ पहले एक आकार और रंग था और अब वे खो गए थे। जैसे विचार विचारहीन हो गया था, दृष्टि दृष्टिहीन और सम्भावना असमर्थता में बदल गई थी।

मिस्त्रियों की एक टोली आई और नींवें भरी जाने लगीं। सीमेंट मिलाकर गट्टा डाला गया और ईंटों की चुनाई होने लगी और दीवारें उठने लगीं। लोहे की छड़ें फँसा-फँसाकर और बीमें डाल-डालकर तामीर को मज़बूत किया जाने लगा। राजधानी के एक महँगे आर्किटेक्ट ने ब्लूप्रिंट बनाया था और सारी तामीर नक़्शे के मुताबिक़ हो रही थी। तख़मीना था कि क़रीब पचास हज़ार रुपया अकेले इमारत ही ले लेगी।

डेढ़ लाख रुपये का सरकारी ऋण स्वीकृत हो गया था। भुगतान के लिए बिल बनने से पहले बस दो-चार औपचारिकताएँ पूरी होनी थीं और काग़ज़ों का यहाँ-वहाँ पेट भरा जाना था।

एक अफ़सर स्थान और प्रस्तावित मिल की जाँच के सिलसिले में आया। सेठ अमरनाथ ने अब तक अधिकारी वर्ग से काफ़ी राब-रस्म बना लिया था। उस अफ़सर के सम्मान में उन्होंने मिल की जगह पर ही एक पार्टी की और पार्टी में कुछ स्थानीय बड़े-बड़े अफ़सर और चुने हुए प्रतिष्ठित लोग बुलाए। उनमें भोलानाथ भी थे।

जाँच के लिए आए उस अफ़सर तथा दूसरे लोगों को भी वह स्थान और उसकी स्थिति बहुत पसन्द आई। सेठ अमरनाथ ने इसका सारा श्रेय भोलानाथ को दिया और कहा कि इस जगह को उन्होंने ही चुना है और मूल निवासियों से समझा-बुझाकर ख़ाली कराया है। यह भी कहा कि वह इस मोहल्ले के एक विशिष्ट व्यक्ति हैं और लोग उनका आदर करते हैं।

भोलानाथ ने उत्तर में बताया कि नौ घरों के ख़ाली कराने में क़रीब तेरह हज़ार रुपये ख़र्च हुए हैं और उन्होंने उन लोगों को बाज़ार भाव से ड्योढ़ी और दुगुनी क़ीमत दिलाई है।

एक ने पुष्टि की—हाँ, आपने काफ़ी दिलाए।

एक अन्य ने कहा—देखा यह गया है कि घर ख़ाली करवाने में मारतोड़ और मुक़दमेबाज़ी दोनों ही हो जाती हैं। यहाँ किसी एक की भी नौबत नहीं आई। इसके मायने हैं कि भोलानाथ जी ने बहुत समझदारी से काम लिया।

भोलानाथ ने सराह को स्वीकारते हुए कहा—मुझे समझाना-बुझाना बहुत पड़ा, क्योंकि वहाँ हर तरह का आदमी था। वे पढ़े-लिखे भी न थे। पर चूँकि मैंने उनके साथ बेइन्साफी नहीं की, मुझे सफलता मिल गई। जहाँ तक मैं समझता हूँ, वे सब सन्तुष्ट ही रहे।

# ग्यारह

जोखे किसान ने घर छोड़ते हुए छप्पर में से बल्ली और बाँस निकाल लिये थे। उसका इरादा अपने खेत के एक कोने में दीवारें उठाकर छप्पर छा देने का था। खेत मरघट के किनारे था। पास ही दरिया बहता था और पीछे एक घना बाग़ था। बाग़ में एक छोटा-सा पटा हुआ बरामदा बना हुआ था। बहुत पहले वर्तमान स्वामी के पितामह ने अपनी सम्पन्नता को प्रदर्शित करने के लिए उसका निर्माण कराया था। पर अब वह उपेक्षित पड़ा रहता था और एक ओर से खस चला था, क्योंकि स्वामी की सम्पन्नता में क्षय लग गया था। जोखे सामान लेकर सीधा इस बरामदे में ही चला आया था। खेत पर दीवारें उठने और छप्पर पड़ने में कम-से-कम एक पखवारा लगेगा और तब तक वह इस बरामदे के नीचे पड़ा रहेगा। पर पहली ही रात सियारों ने जो हुआँ-हुआँ का हुड़दंग देर गए तक किया तो जोखे की औरत उखड़ गई और उसने साफ़ इनकार कर दिया कि वह तो उस बियावान जंगल में नहीं रहने की। लड़का पहले ही से तन्नाया हुआ था। जब मरघट के किनारे रहने का विचार है तो यह क्यों नहीं कहा जाता कि एक लँगोटी कसकर बदन में भभूत मल लो और हर-हर बम बोलो।

जोखे ने फिर झींखकर बस्ती में ही किराये की एक कोठरी ले ली और वहाँ चला गया।

जोखे का लड़का नेतराम सत्रह वर्ष का था और उसके अंग-अंग सत्रह के हो रहे थे। ऐसी उम्र में जो त्वचा में साँप की केंचुल जैसी चमक लिये हुए एक चिकनापन आ जाता है, वह यहाँ भी आ चुका था। उसका श्यामवर्ण सलेटी बन गया था और आँखों में सुरमा न पड़ा होने पर भी लगता था कि वहाँ उसकी डोर खिंची हुई है। वह उस बाँस जैसा दिखता था जिसे पकने में अभी कुछ देर हो। उसे बाँसुरी की तान मीठी लगने लगी थी। चाँदनी रात और नीलगगन के चाँदी के चन्द्रमा को अब वह एक नई नज़र से देखता था। कोई तीखा सुन्दर मुखड़ा उसके हृदय में गहरे धँस जाता था और रात सपनों में वह अक्सर अपने को किसी लड़की के पुष्ट अंगों को टटोलता हुआ पाता था।

नेतराम पिछले एक साल से गोपी बरेठा की लड़की राधा के रूप-रस पर भौंरा बना हुआ था। राधा चौदह की हो चुकी थी और उसकी देह से कुछ नये अंग जुड़ चले थे, जैसे किसी लतर में रातोरात पहली बार कुछ फूल लग आए हों, या वह अभी तक महज़ पेन्सिल से बनी एक तसवीर थी और अब उस तसवीर में रंग भर दिये गए थे। उसकी आँखों की पुतलियाँ मछली जैसी चिलकती थीं और नाक और चिबुक में एक अतिरिक्त नुकीलापन था। नेतराम राधा की ओर बचपन से ही खिंचा हुआ था, पर वह खिंचाव अब गहरा हो गया था। गोपी ने उसकी शादी पहले एक लड़के से तय कर दी थी, पर जब वह लड़का कुत्ता काटने से पगला गया, तब उसने वह रिश्ता तोड़ दिया था।

नेतराम राधा की गर्म-गुदाज़ कलाई पकड़ चुका था। वह उसके पके आम जैसे रंग के गालों का चुम्मा भी ले चुका था। वह सोचा करता था कि वह राधा से विवाह कर लेगा। उसका दादू जोखे या राधा का बाप गोपी नहीं मानेगा, तब भी। वे दोनों चुपचाप किसी मन्दिर में चले जाएँगे और देवता के चरणों में सिर नवाकर पति-पत्नी की तरह रहने की सौगन्ध खा लेंगे। वह शहर में होनेवाली ऐसी शादियों की ख़बर रखता था, जिसमें एक खत्री लड़का एक मुसलमान लड़की से शादी कर लेता था, एक पंजाबी का एक वैश्य लड़की

से अदालत में प्रार्थना-पत्र लगाने पर विवाह हो जाता था और एक कायस्थ लड़की और एक ब्राह्मण लड़का आर्यसमाज के मन्दिर में यज्ञ और पूजन कर पति-पत्नी बन जाते थे। जब ये शादियाँ हो सकती थीं तो एक किसान लड़के और एक बरेठा की लड़की के बीच वह क्यों नहीं हो सकती थी।

नेतराम और राधा के घर आसपास थे और वहाँ मिलने के अवसरों की कमी न रहती थी।

पर अब नेतराम रंगमहला मोहल्ले में रहता था और राधा अब्दुल्ला गंज में और बीच में फ़ासला बहुत बड़ा हो गया था। नेतराम ने जो खेत पर छप्पर छाकर रहे जाने का विरोध किया था उसके पीछे यह छटपटाहट थी कि राधा से दूरी तब बढ़ जाएगी। वह कोशिश यही करता रहा था कि जहाँ गोपी ने कोठरी ली है, उसी के आस-पड़ोस कोई जगह उसे भी मिल जाए। पर आस-पड़ोस छोड़ वह उस मोहल्ले में ही अपने लिए किसी जगह की जुगाड़ न कर सका था और तब जोखे ने रंगमहला मोहल्ले में नाले के पास एक सस्ती किराये की कोठरी ले ली थी जहाँ बरसात में पानी आ जाता था।

राधा का नया पड़ोसी एक ताँगेवाला था। वह राधा को अपनी नज़र पर चढ़ाने लगा था और जब उधर नेतराम तीन-चार बार जल्द-जल्द गया तो उसने अँधेरे में उसे पिटवा दिया। डेढ़-दो हफ़्ते तक नेतराम और उसके बाप जोखे और माँ को यही शक-शुबह रहा कि उसके सीधे पैर की हड्डी टूट तो नहीं गई है।

गोपी ने जब राधा के गिर्द ताँगेवाले की ज़्यादा हेराफेरी देखी और दाल में कुछ काला तैरता नज़र पाया तो उसने घबड़ाकर उन्हीं दिनों बिधुर बने चालीस बरस के एक बरेठा से उसकी शादी कर दी।

गोपी ने घर के मिले पैसों से बाज़ार में लांड्री की एक दूकान खोल ली थी। उसे लांड्री के काम का अपना कोई अनुभव था नहीं। इसलिए उसने उसका काम जाननेवाले एक पुराने दूकानदार से साझा कर लिया जो उन दिनों नई मशीन और सामान लगाने के लिए पैसों से लाचार था। चार ही महीने बाद गोपी ने पाया कि उसका सारा पैसा डूब चुका है।

जोखे नाले में बने रहनेवाले पानी से पैदा नमी और मच्छरों को ज़्यादा दिनों तक बर्दाश्त न कर सका और उसे हफ़्ते में दो बार जूड़ी आने लगी और वह दिन-दिन-भर खाँसता रहता था। उसकी औरत को भी दमे की शिकायत बढ़ गई थी।

सुन्दर फैक्टरी से मिले क्वाटर में आ गया था। पड़ोस में अग़ल-बग़ल दो क्वाटर थे उनमें एक में एक दर्ज़ी रहता था और दूसरे में एक पेंटर। उन दोनों का रहन-सहन कुछ बेहतर था। सुन्दर की चटक-मटक पसन्द करनेवाली औरत ख़ुद वैसा रहने के लिए लालायित थी। क्वाटर, वार्निशदार किवाड़ और बिजली-पानी की सुविधाओं ने उसे बौरा दिया था। सुन्दर घर के मिले रुपयों को डाकखाने में डाल देना चाहता था, पर सुन्दर की औरत ने कहा कि उधार बाँटने के काम में ब्याज ज़्यादा मिलेगा और उसने रुपया अपने पास ऊपर रखा। दर्ज़ी के क्वाटर में एक ट्रांजिस्टर था और दिन-भर बजा करता था। सुन्दर की औरत ने एक ट्रांजिस्टर ख़रीद लिया। पेंटर ने अपने क्वाटर के एक कमरे में ट्यूब लगवा रखी थी और एक मसहरी डाल रखी थी। सुन्दर की औरत ने भी अपने क्वाटर में एक ट्यूब लगवा ली और वैसी ही मसहरी ख़रीद ली। उधार बाँटने के काम के लिए बस आधा रुपया ही बचा और वह भी वसूल होने पर हाथ के पौरों के बीच से पानी जैसा रिसने लगा।

मायके से सुन्दर की औरत का भाई मिलने आता था। उसका वही बेढंगापन होता—टूटे बटनों की कमीज़, ऊँची-ऊँची धोती, नंगे पैरों में एक-एक इंच जमी धूल और बीड़ी का टुर्रा कान पर दबा हुआ। सुन्दर की औरत ने उसे कई बार क़ायदे से आने के लिए टोका। फिर उस दिन वह उससे लड़ बैठी। भाई भी लड़ बैठा। लोगों ने कहा कि लो यह अपने भाई की भी बेइज़्ज़ती करती है। सुन्दर की औरत फिर रोने लगी।

चन्दर का अपना नया रिक्शा उसके पास कुल बाईस दिन ही रहा। वह घर के अपने हिस्से को छोड़कर सराय में आ गया था, जो खलासी के घर से दूर नहीं थी। खलासी की बीवी ने उसका कुछ ऐसा सत्कार किया कि पन्द्रह दिन के अन्दर उसे अपना रिक्शा गिरवी रख देना पड़ा, फिर आठ दिन बाद बेच देना पड़ा और तेईसवें दिन वह फिर किराये का रिक्शा चलाने लगा और किराये को लेकर उसकी मालिक से फिर झड़प होने लगी। एक दिन ऐसी झड़प के बाद नशा कर जब वह खलासी की बीवी से मिलने बेवक़्त पहुँचा तो खलासी से उसका झगड़ा हो गया। उसने ग़ुस्से में भरकर खलासी पर चाकू चला दिया जो बचाए जाने पर भी उसके बाजू में धँस गया और उसने पुलिस में रपट लिखा दी। फिर चन्दर उस शहर से एकदम ग़ायब हो गया।

नये मकान में जमुना की बकरी बियाई और उसने तीन बच्चे दिये। काले-भूरे रंग के चकत्ते लिये हुए मखमल की तरह चिकनी मुलायम जिल्द और लम्बे-लम्बे झुनझुने जैसे हिलते कान। पर एक हफ़्ते बाद दो बच्चे ग़ायब हो गए और फिर तीसरा बच्चा भी।

बिना बच्चों की बकरी कई दिनों तक में-में मिमियाती रही। जमुना भी खरखराती और कलपती रही। पड़ोसियों में से ही किसी ने बच्चों को ज़िबह कर पका लिया था। शक जाने पर जमुना इससे भिड़ती उससे उलझती। फिर दूसरी ओर से, बदले में, गालियों के हुए हमले में पिटने पर वह मुँह डालकर पड़ रहती।

उस दिन बाज़ार में अचानक बराती और कन्हई मिल गए। बराती उधर एक लांड्री से धोने के लिए कपड़े लेने आया था और कन्हई सोड़ा-साबुन के साथ मछली की ख़रीदारी करने। बराती ने कन्हई को देखा तो वह लिपट गया—कहो कन्हई बाई।

—ओहो, बराती तुम—ओहो तुम। उसने उसे कौरा लिया।

दोनों क़रीब एक महीने बाद मिल रहे थे।

दोनों दो मोहल्लों की अलग-अलग बस्तियों में बस गए थे और फ़ासला क़रीब आधा मील का हो गया था।

कन्हई ने बताया कि उसकी बीवी की टाँग में दर्द उठ खड़ा हुआ है।

बराती ने कहा कि वह तम्बाकू के तेल की मालिश करे।

फिर वे दोनों घर के हर बच्चे-बच्ची के बारे में पूछने लगे।

—रमले अब भी पनेठी हाथ में लेकर इधर-उधर फटकारता होगा।

—हाँ, बाइ। उसने उस दिन पड़ोस की एक लुहारिन के बच्चे के भी जड़ दी। कहो ज़्यादा ज़ोर से नहीं लग पाई।—तेरी कमली के दस्त ठीक हुए?

—हाँ, अब तो कम हैं। आगे की दो दन्तुली चटख आई हैं।

—घुटुओं चलती होगी?

—हाँ, घिसट लेती है।

—तू अपना टटुआ कहाँ बाँधता है?

—बाइ, छप्पर के नीचे कर लेता हूँ। जगह ही नहीं है। तू?

वे फिर अपने जानवरों के बारे में बतियाने लगे।

वे दोनों पटरी से बाहर कुछ रास्ता रोके ही खड़े थे और एक राहगीर ने टोका—अमाँ, बातें जमकर करनी हों तो एक ओर बैठ जाओ।

वे दोनों एक किनारे हो गए और फिर वहाँ बातें करने लगे। कन्हई के नये मकान में जगह कम थी और आँगन नाम की कोई चीज़ थी ही नहीं। बराती को शिकायत थी कि उसकी कोठरी की कड़ियाँ लचकी हुई हैं और बरसात में कोठरी ज़रूर टपकेगी और दूसरी यह कि दरवाज़ा नीचा होने के कारण उसकी खोपड़ी कई बार चौखट से लड़ चुकी है बराती बल्ली जैसा लम्बा था।

पास में ताड़ीख़ाना था और वे दोनों वहाँ आ गए। बराती दो कुल्हड़ों में ताड़ी ले आया। कन्हई खाने के लिए नमकीन सेव और पापड़ ख़रीद लाया। दोनों ताड़ी पीकर और सेव पापड़ खाकर वहाँ भी काफ़ी देर तक

बातें करते रहे। वे एक-दूसरे के बच्चों और औरतों के बारे में पूछा-ताछी फिर से करने लगे।

जब वे दोनों अलग हुए तो कन्हई की आँखें गीली हो गईं और वह टोपी उतारकर उसकी कगार से आँसू पोंछने लगा।

—कन्हई बाइ, उधर आना। भौजी और बच्चों को भी साथ लाना। ज़रूर आना। मेरी सौगन्ध।—कन्हई बाइ, अच्छा राम राम।—बराती के गले से निकली हुई आवाज़ भी भीगी हुई थी। दो क़दम चलने के बाद उसने साफे के छोर से अपनी आँखें और नाक रगड़ीं।

किसना का कुत्ता नये मकान से पुरानी बस्ती में भाग-भाग आता था और इधर-उधर नई उठ रही दीवारों को सूँघता दौड़ता था और आसमान की ओर मुँह उठाकर भौंकता था—बाउ-बाउ-भुक। बाउ-बाउ-भुक—। भौंककर वह फिर दौड़ता और गट्टों के इस-उस चट्टे के पास जाता, सूँघता, पेशाब करता और फिर भौंकता—बाउ-बाउ-भुक—बाउ-बाउ-भुक—।

एक मज़दूर ने एक दिन भौंके जाने से चिढ़कर उस पर गुम्मे से वार कर दिया। गुम्मा टाँग में लगा और वह टूट गई। वह बुरी तरह किंकियाता और रियियाता हुआ एक तंग दायरे में पूँछ फटकारता और धूल उड़ाता हुआ घिसटने लगा और तब तक रिरियाता और घिसटता रहा जब तक बेदम नहीं हो गया।

सन्तू भगत को लेकर अपनी ससुराल में दो सप्ताह टिका। इन दो सप्ताहों में उसका दो बार साले से, एक बार ससुर से, एक बार साली से और एक बार सलहज से झगड़ा हुआ था और दोनों ओर से खुली गाली-गुफाड़ी चली थी। इस बीच उसकी बीवी की अलग उन लोगों से कई बार ठन चुकी थी। अब तक जो सन्तू वहाँ टिका हुआ था सो इसलिए कि वह बदले में किसी अच्छी जगह पर एक घर मोल ले लेना चाहता था और उसकी खोज जारी थी। पर जब ससुरालवाले अपने सगे जमाई और बेटी की इज़्ज़त कर नहीं सकते हैं और उन्हें अपने चार पैसों पर घमंड है तो अब वह वहाँ मूतने के

लिए भी एक मिनट नहीं ठहरेगा। उसे फिर जो घर ख़ाली मिला वह उसी में उठ आया।

नया घर कुम्हारों और काछियों की मिली-जुली बस्ती में काफ़ी अन्दर धँसकर था। दो कोठरियों और एक खपरैलपोश गिराऊ सिदरी का बारह रुपये किराया था। जब तक मोल लेने लायक़ उतनी क़ीमत का कोई घर मिल नहीं जाता तब तक वह उसी में गुज़र-बसर करेगा।

सिदरी बाहर की ओर खुलती थी और राधे भगत ने अपना तख़्त वहीं डाल लिया था। वह ठीक होकर भी ठीक नहीं हुआ था। उसकी टाँग में चिलक रह गई थी और दर्द उखड़ आता था। उसे सर्दी भी जब-तब सता जाती थी। सर्दी अन्दर से जैसे अभी पूरी तरह निकली नहीं थी। वह यहाँ भी बैठा-बैठा चौपाइयाँ गाता था। पर कुछ ही देर बाद महसूस करता कि उसकी साँस फूल रही है और आवाज़ ज़्यादा खिंच नहीं पाएगी। स्वर के पाखी के जैसे पंख नुच गए थे और वह कुछ दूर घिसटकर बैठ जाता था।

एक पड़ोसी कुम्हार ने पूछा—बूढ़े, तुम आल्हा गा लेते हो?

—नहीं, भाई मुझे आल्हा नहीं आता है।—उसने धीरे से सिर हिला दिया।

—आल्हा याद कर लो। वह भी ख़ूब मज़ा देता है।

राधे को यहाँ बस्ती के बच्चे भगत बाबा की जगह अन्धा बाबा कहते थे। उसे एकदम ऐसा लगता जैसे काँटेदार पत्तियाँ छू गई हैं और तेज़ जलन अन्दर पैठती चली जा रही है, तेजाब जैसी गर्म चुनचुनाहट देती हुई। वह बस्ती उसके लिए अनजानी थी, यहाँ तक कि अपना यह घर भी। चलते हुए अक्सर उसके ठोकर लग जाती, वह खम्बे से टकरा जाता या अपना दरवाज़ा छोड़कर आगे निकल जाता। बच्चे इसका मज़ा लेते। उनके लिए वह बिला पैसे का एक तमाशा होता। कुत्ता बीच में लेटा होता और वे नहीं बताते और पैर पड़ने पर कुत्ते की झोंझियाहट के साथ जब भगत भड़भड़ाकर उचकता तब वे कूदते हुए ताली बजाते और खिलखिल करते। यही नहीं, वे बीच में कोई ईंट या पत्थर रख देते। भगत की लाठी अगर ईंट-पत्थर टटोल लेती और दबी-दबी हँसी इस-उस कोने से फूटती होती तो वह पुचकारते स्वर में

कहता : राजा बेटे, ऐसा नहीं करते। किसी को दुख देना पाप होता है। बेटो, अगर गिर जाता तो तुम्हारे भगत बाबा के चोट नहीं लगती?

—भगत—हँड़िया में हगत—।—कोई बच्चा पलटकर कहता। वे एक-दूसरे को धक्का देते। फिर उनमें से कोई उसकी लाठी या बंडी का कोना खींच लेता। छोड़ता और फिर खींच लेता।

—ये बच्चे नहीं, बीछी हैं। जरा भी लच्छन और दया-धरम नहीं।—भगत बुदबुदाता।

एक दिन किसी ने बीच में खाट खींच दी और भगत टकराकर गिर गया। वह क़िस्मत का धनी था जो खाट पर ही गिरा और चोट नहीं आई। भगत ने जिधर से हँसी का बगूला उठा, उधर लाठी फेंकी। बच्चे सहमते हुए दूर छिटक गए और फिर वहाँ से ताली बजा-बजा और कूद-कूदकर खिलखिल करने लगे।

भगत चौपाई प्रारम्भ करता—'बिनु सन्तोष न काम नसाहीं।'

कोई छोकरा पटाक से उसी स्वर में नक़ल उतारता हुआ बोल उठा—अन्धा मरे तो ढोल बजाहीं—

—स्साले कीड़े चुएँगे।—भगत अपने को संयत नहीं कर पाता।

—ठाऽले कीले चुचेंगे...। छोकरा मुँह चिढ़ाता और भाग जाता।

भगत तीव्र असन्तोष से बड़बड़ाता। इसी बड़बड़ाहट के बीच वह अक्सर कहता—भोलानाथ तुमने ठीक नहीं किया। इससे अच्छा था हम लोगों के प्रान ले लिये होते।

रात दो घंटे पानी गिर गया। उस पानी को सिदरी का खपरैल रोक न सका। वह अच्छी तरह टपका, यों जैसे भीगे पेड़ की पत्तियों से टपाटप पानी टपकता है। वैसे भी वह सिदरी सामने की बौछार को पूरी तरह रोक नहीं सकती थी। भगत खाट पर कथरी लपेटकर सीने से घुटने सटाए हुए उकड़ूँ बैठ गया, हिन्दी अंक ७ जैसा। फिर भी वह ठंड खा गया।

—सीत कलेजे में समा गई है। लगता, फिर ज्वर आएगा।—भगत सुबह से ही घबड़ाया हुआ बड़बड़ाया।

सन्तू ने दो बार गुड़ और अदरक की चाय बनाकर दी। पर फिर भी रह-रहकर छींक आती और नाक से पानी रसियाता।

दो बखरी बाद जो एक काछी रहता था उसने कहा कि वह दवा लाकर देता है। शर्तिया इलाज़ है। सर्दी पास नहीं फटकेगी। भगत ने लाई हुई दवा पी। वह कच्ची शराब थी। भगत मणि खोए साँप जैसा फटफटाने लगा। वह नशा छोड़ चुका है और यह उसके साथ छल किया गया है। पर उस काछी का कहना था कि वह उसे नशा न समझकर दवा क्यों नहीं मानता है? वह उसका असर तो देखे।

भगत को सच में सर्दी नहीं लगी।

दो दिन बाद सर्दी का सन्देह होने पर भगत ने एक गिलसिया-भर शराब फिर ली। इसके बाद जल्द ही फिर पी और कुछ अधिक ही मात्रा में। नशा जब हल्का-हल्का चढ़ने लगा, भगत ऊँची आवाज़ में गाने लगा—

*जब ते रामु ब्याहि घर आए।*
*नित नव मंगल मोद बधाये॥*
*भुवन चारिदस भूधर भारी।*
*सुकृत मेघ बरषहिं सुख बारी॥*

अन्धा रोवे हाथ पसारी।—एक बच्चे ने बीच में अपनी चौपाई चिपका दी।

—ओ बे हरामी।—भगत तमका—ऐसा डंडा पेलूँगा कि आँखें टैय्या जैसी टपक पड़ेंगी।—भुंसड्डी का।

*कहि न जाइ कछु नगर विभूती।*
*जन एतनिअ बिरंचि करतूती॥*

—कलतूती-कलतूती।—उसी बच्चे ने अबकी एक शब्द को खींचा और रगड़ा।

—चुप बे हरामी। तेरी बहनिया को सिपहिया लै जाए। तेरी महतारी पर हाथी चढ़े।—भगत फिर तमका और कुछ ज़्यादा तेज़ी से।

*सोइ सर्वग्य गुनी सोइ ग्याता।*
*सोइ महि-सोइ महि-सोइ-महि।*

भगत चौपाई भूल गया और भूलने की झुंझलाहट में वह बकने लगा—भोलानाथ, तेरी देह पर लत्ता न रहिए। तेरी गाँड़ से बित्ता-बित्ता-भर के कीड़े चुइयें। तेरी लौंडिया को बीच बाजार में कुत्ता चुदियें।

भगत जब तीस-चालीस साल पहले नशा करता था तब भी इतनी ही तीखी और भारी-भरकम गालियाँ बका करता था।

# बारह

चन्द्रिकाप्रसाद उर्फ़ चुन्नू उर्फ़ पहलवान की हत्या के मुक़दमे की सुनवाई सेशन जज की अदालत में शुरू हो गई थी।

लगातार तीन दिन मुक़दमा चलेगा।

अभियुक्त शिवनारायण ने अपना कोई वकील करने से इनकार कर दिया था। उसे बचाव के लिए सरकार के ख़र्चे से एक वकील दिया गया था। क़ानून कुछ ऐसा था कि हत्या के मामले में अभियुक्त यदि अपनी प्रतिरक्षा के लिए अपने साधनों से किसी वकील की सहायता प्राप्त नहीं कर सकता है तो राज्य की ओर से उसे एक वकील दिया जाता है ताकि हत्या जैसे संगीन मामले में अपना बचाव करने की सुविधा पा न सकने पर कोई निर्दोष व्यक्ति अपराधी सिद्ध होकर दंडित न हो जाए।

चार दिन पहले ही पुलिस के उस इंस्पेक्टर ने, जिसने मुक़दमे की तफतीश की थी और चार्जशीट लगाई थी और मुक़दमे की पैरवी भी जिसके अपने ज़िम्मे थी, गवाहों को बुलाकर गर्म किया था। उसे अपने सूत्रों से सूचना मिली थी कि कुछ गवाह गवाही देने से आनाकानी कर रहे हैं। बात

यह थी कि चुन्नू परले दर्जे का गुंडा था और उससे वे सब अन्दर-ही-अन्दर तीव्र घृणा करते थे। उसकी हत्या ने उनको आन्तरिक प्रसन्नता ही दी थी, क्योंकि वे अत्याचार, अपमान व नंगी भर्त्सना से मुक्त हो गए थे। अभियुक्त शिवनारायण के प्रति उनमें गहरी सहानुभूति घर कर गई थी और वे चाहते थे कि वह क़ानून के फन्दे से बाहर आ जाए। पुलिस इंस्पेक्टर ने उन गवाहों की पुलिस की चुनीदाँ गालियों से ख़बर ली थी और तरह-तरह की धमकियाँ दी थीं। उसका कहना था कि वह उनसे झूठी गवाही देने के लिए नहीं कह रहा है, हालाँकि एक गवाह वह इस बात का पेश कर रहा था कि अभियुक्त ने उससे दो दिन पहले कहा था कि चुन्नू मृतक की गुंडागीरी और ज़्यादती सिर से ऊपर होती जा रही है और वह उसकी हत्या कर देगा। अपने चेहरे पर भी बराबर वर्दी जैसा कलफ लगाए रहनेवाले उस पुलिस इंस्पेक्टर की दलील यह थी कि अभियुक्त शिवनारायण ने दिन-दहाड़े क़त्ल किया है और यह एक सही बात है। इसलिए उसे उस अपराध के लिए सज़ा मिलनी ही चाहिए और मामले को मज़बूत करने के लिए यदि कुछ लेसा-पोती भी करनी पड़ती है तो वह अनुचित नहीं है। उसने गवाहों को आगाह कर दिया था कि अगर कोई भी बदला या टूटा तो वह उसके ऊपर सही बात छिपाने का मुक़दमा चलवाकर उसकी सज़ा करा देगा। उसने उस दर्ज़ी गवाह की, जिसकी बालटी नल पर से फेंक दी गई थी और जो हत्या का एक तुरन्त कारण बन गई थी, दूसरे गवाहों के सामने थाने में झापड़, बेंत और बूट की ठोकर से मरम्मत कर दी थी। वह गवाह कुछ ज़्यादा ढीला पड़कर अपना परलोक सुधारने की फ़िक्र कर रहा था। वह पुलिस इंस्पेक्टर फिर उन गवाहों को एक दिन पहले सरकारी वकील के बँगले पर ले गया था। सरकारी वकील ने उनको अपने ढंग से समझाया-बुझाया था कि उनको क्या कहना है और क्या नहीं।

अभियुक्त को भरपूर सज़ा मिलने पर पुलिस इंस्पेक्टर का अपना सर्विस रिकॉर्ड अच्छा रहता था। सरकारी वकील की भी प्रतिष्ठा बढ़ती थी और सरकार की ओर से किये गए मुक़दमों में सफलता का प्रतिशत प्रशंसनीय बना रहता था।

अदालत में कार्यवाही प्रारम्भ हो गई। सेशन जज ने आरोप-पत्र पढ़कर सुनाया—मैं, एस. के. कौल, सेशन न्यायाधीश, शाहजहाँपुर एतद्द्वारा तुम शिवनारायण पुत्र देवनारायण, निवासी मोहल्ला रोशनगंज, ज़िला शाहजहाँपुर पर आरोप लगाता हूँ कि तुमने आठ मई सन् 1969 को सुबह साढ़े आठ बजे, या उसके लगभग, मोहल्ला रोशनगंज, थाना कोतवाली, ज़िला शाहजहाँपुर में नगरपालिका के नल के सामने चन्द्रिकाप्रसाद उर्फ़ चुन्नू उर्फ़ पहलवान की साशय मृत्यु कारित करके हत्या की और एतद्द्वारा तुमने ऐसा अपराध किया है जो भारतीय दंड संहिता की धारा 302 के अधीन दंडनीय है और मेरे संज्ञान के अन्तर्गत है और मैं एतद्द्वारा निदेश देता हूँ कि उक्त आरोप पर तुम्हारा विचारण मुझ द्वारा किया जाए।

सेशन जज आधा मिनट के लिए रुका जैसे अभियुक्त की ओर देखना अब ज़रूरी हो गया था और उसने उधर देखते हुए पूछा—क्या तुमने यह जुर्म किया है?

—नहीं।—शिवनारायण ने उत्तर में कठघरे में से कहा। कहकर वह यों चुप हो गया कि सन्देह होता था कि उसने कुछ कहा है।

पहला गवाह वह दर्ज़ी ही था। उसने घटना के समय से कुछ पहले अपनी बाल्टी लेकर नल पर जाने, चुन्नू के कपड़े पर छींटे पड़ने, चुन्नू का नाराज़ होकर उसकी बाल्टी फेंक देने और गालियाँ बकने और इसके बाद शिवनारायण का भाला लेकर आने और चुन्नू की छाती में भाला घुसेड़कर हत्या कर देने का पूरा विवरण दिया। उसे अदालत के कमरे में घुसने से पहले पुलिस इंस्पेक्टर ने फिर गर्म कर दिया था कि उसकी शहादत दुरुस्त रहे, वरना—। और उसकी शहादत दुरुस्त रही थी।

फिर एक-एक कर वे तीन गवाह पेश हुए जो घटनास्थल पर घटना के समय उपस्थित थे और जिन्होंने प्रारम्भ से अन्त तक सारी घटना को चक्षुदर्शियों के रूप में देखा था।

फिर वह गवाह पेश हुआ जो शिवनारायण के हत्या करने के इरादे और उसकी नीयत को ज़ाहिर करता था। पुलिस इंस्पेक्टर ने इस गवाह को भी बाहर चेतावनी दे दी थी और उसकी भी गवाही ठीक उतरी थी।

फिर पंचायतनामे की तसदीक करनेवाले गवाह की गवाही हुई। फिर ख़ून आलूदा और सादा मिट्टी तथा मृतक के कपड़े और भाला क़ब्ज़े में लिये जानेवाली फर्दों के गवाहों की गवाहियाँ हुईं।

फिर वह डॉक्टर पेश हुआ जिसने शव-परीक्षा की थी। उसने बताया सबूत की ओर से कथित मौत का समय ठीक है और छाती पर आई चोट मौत के लिए साधारणतया पर्याप्त थी। उसने चोट की लम्बाई, चौड़ाई और गहराई की नाप सेंटीमीटरों में बताई और आमाशय, छोटी-बड़ी आँतों और गुर्दे की अन्तस्थिति का विवरण दिया।

फिर पुलिस का वह इंस्पेक्टर पेश हुआ जिसने मुक़दमे की जाँच की थी और चार्जशीट लगाई थी।

गवाही के दौरान अदालत की मेज़ पर मृतक के ख़ून आलूदा कपड़े, मिट्टी के डिब्बे व भाला आदि लाकर रख दिये थे और एक मक्खी घुस कर इन-उन चीज़ों के गिर्द बराबर भिनभिनाती रही थी।

सबूत की ओर से फिर वे रिपोर्टें शहादत में लाई गईं जिनके अनुसार वैज्ञानिक परीक्षण के बाद मिट्टी, भाला तथा कपड़ों पर पाया गया ख़ून इनसानी साबित हुआ था।

दो दिन तक सबूत की ओर का साक्ष्य अभिलिखित होता रहा था। काला लबादा पहने तथा दो सफ़ेद पट्टियाँ गले में बाँधे हुए जज कुर्सी का अंग दीखता था जब तक वह बोलता नहीं था। वह बोलता बहुत कम था और कभी-कभी ही। उसका चेहरा पत्थर का होने का भ्रम देता था और यदि चेहरा वैसा नहीं था तो चश्मे से ढकी आँखें निश्चय ही पत्थर की थीं। ऐसा नहीं मालूम होता था कि उन आँखों की पुतलियाँ घूमती हैं या पलकें झपकती हैं।

तीसरे दिन अभियुक्त शिवनारायण का बयान हुआ। उसे फ़ासले पर स्थित कठघरे में से निकालकर वहाँ लाकर खड़ा कर दिया गया जहाँ से गवाहों ने गवाहियाँ दी थीं और जहाँ ऊपर दो और दो-दो मर्करी-ट्यूब जल रहे थे। बयान देते समय भी उसके हाथ में हथकड़ी पड़ी हुई थी।

पूछे गए प्रश्नों का उत्तर दिये जाने के बाद शिवनारायण ने कहा—यह सही है कि मैंने चुन्नू की हत्या की है। उस दिन जब मैं अपनी बैठक में से भाला लेकर नल की तरफ़ चला था तब मेरा इरादा उसे मार देने का ही था। चुन्नू नम्बर एक का गुंडा था।—शिवनारायण का स्वर सधा हुआ था और शब्द एक-दूसरे के पीछे जमे हुए-से निकल रहे थे—दीनानाथ का क़त्ल उसने कराया ही नहीं था, करनेवालों में भी वह एक था। वह कम उम्र के लड़कों का चरित्र ख़राब करता था। वह दूकानों से सामान डरा-धमकाकर ले लेता था और उसकी क़ीमत नहीं देता था। यह एक प्रकार से डकैती ही थी। उसने सोहनलाल न्यारिया की कनपटी पर वार कर उसे ज़िन्दगी-भर के लिए बहरा कर दिया था। वह सीधे और शरीफ़ आदमियों का अपमान करता था और उनका इज़्ज़त से जीना दुश्वार कर दिया था। उसकी गुंडागर्दी हद से ज़्यादा बढ़ गई थी। श्रीमान जी, ऐसे आदमी को क्या मार देना नहीं चाहिए था?

—तुम अदालत से सवाल नहीं कर सकते।—गंजे सिरवाला सरकारी वकील अपनी जगह से उठ खड़ा हुआ और उसने अभियुक्त को झिड़का—तुमको जो कुछ कहना हो सही ढंग से कहो।

शिवनारायण चुप हो गया, इसलिए नहीं कि उसे झिड़का गया था, बल्कि इसलिए कि उसे जो कुछ कहना था वह उसने कह लिया था। प्रकाश इस कोण से उस पर गिर रहा था कि उसका चेहरा नुकीला हो गया था।

—तुम एक ओर यह कहते हो कि तुमने हत्या का जुर्म नहीं किया है और दूसरी ओर तुम यह बयान दे रहे हो कि चन्द्रिकाप्रसाद उर्फ़ चुन्नू उर्फ़ पहलवान को तुमने अपने भाले से मार दिया। इसको साफ़ करो।—जज ने कहा। यह सब कहते हुए उसके सिर्फ़ ओंठ ही हिले थे और किसी दूसरे अंग ने जुम्बिश नहीं ली थी।

चुन्नू ने इतने अमानवीय और जघन्य अपराध किये थे कि मृत्युदंड पाने का हक़दार वह बहुत पहले ही हो चुका था। इसलिए उसको उसकी सज़ा देकर मैंने कोई अपराध नहीं किया है। उसको यह सज़ा क़ानून के द्वारा ही मिल जाना चाहिए थी। जब क़ानून ने उसे नहीं दी, मैंने दे दी।—शिवनारायण

का स्वर वैसा ही सधा हुआ था और शब्द एक-दूसरे के पीछे वैसे ही जमे हुए निकले थे।

गंजे सिरवाला सरकारी वकील अपनी जगह पर बैठा-बैठा इतने नपे-तुले ढंग से मुस्कराया था कि अदालत की मर्यादा भंग नहीं होती थी। बचाव पक्ष के वकील ने कुर्सी के हत्थे पर रखे अपने हाथ समेट लिये थे और फिर काले कोट की जेब में पड़ा हुआ रूमाल निकालकर आहिस्ते से गर्दन का पसीना पोंछ लिया था। दूर बैठा पुलिस का मुंशी रजिस्टर में कुछ ग़लत लिख गया था और लिखे हुए को काटकर सही करने लगा था। पीछे बेंच पर बैठे दर्शकों ने अपनी गर्दनें एक-दूसरे की ओर बढ़ाकर वहीं तक रह जानेवाली फुसफुसाहटें की थीं।

—तुम सफ़ाई में कोई गवाह दोगे?

—नहीं।

संकेत हुआ था और हथकड़ी की डोरी पकड़े खड़ा सिपाही शिवनारायण को वहाँ से हटा ले गया और कठघरे में वापस लाकर खड़ा कर दिया।

सरकारी वकील ने अपनी बहस के दौरान सबूत के गवाहों की शहादत का आवश्यक हवाला दिया और कहा कि चशमदीद या किसी दूसरे गवाह के ख़िलाफ़ अभियुक्त को किसी क़िस्म की शिकायत नहीं है। न उसकी उनसे कोई रंजिश ही है। इसलिए गवाहों के ग़लत बयान देने का कोई सवाल नहीं उठता है। उसने फिर अभियुक्त के अपने दिये गए बयान का उल्लेख किया और कहा कि वह स्वयं चन्द्रिकाप्रसाद उर्फ़ चुन्नू उर्फ़ पहलवान को क़त्ल करने की सच्चाई को स्वीकारता है। इसलिए उस पर जुर्म साबित है।

बचाव पक्ष के वकील ने कहा कि उसका मुवक्किल कमज़ोर दिमाग़ का है और उसे पागलपन के दौरे उठते हैं। जिस समय उसने चन्द्रिका प्रसाद उर्फ़ चुन्नू उर्फ़ पहलवान की हत्या की वह अपनी सामान्य मानसिक स्थिति में नहीं था।

—अभियुक्त को पागल बताना सरासर ग़लत है और उसे जुर्म के शिकंजे से बचाने की एक लचर कोशिश है।—सरकारी वकील प्रत्युत्तर में

बोल उठा—अभियुक्त अगर पागल है तो बचाव पक्ष को इसका कुछ सबूत देना चाहिए था, मसलन काग़ज़ी या फिर यह कि वह अभियुक्त की डॉक्टरी परीक्षा कराता। उसने ऐसा कुछ नहीं किया है। अभियुक्त बिजली कम्पनी में काम करता था और उसकी कभी सामान्य मानसिक स्थिति न रहने के बारे में वहाँ कोई शिकायत दर्ज नहीं है।

सरकारी वकील ने फिर ज़ोर दिया कि अभियुक्त को फाँसी की सज़ा दी जानी चाहिए, क्योंकि उसने दिन दहाड़े मारने की नीयत से हत्या की है।

चार दिन बाद सेशन जज ने बत्तीस पृष्ठों का जो निर्णय दिया उसमें शिवनारायण को फाँसी ही की सज़ा दी गई थी।

# तेरह

सुबह के इस समय भोलानाथ बाज़ार में होते थे और वह बाज़ार में ही थे। सर्दी पड़ने लगी थी। दिन के वक़्त अभी उसकी मार कम होती थी, पर सुबह को अच्छी-ख़ासी हो जाती थी। उन्होंने सिर पर टोपा चढ़ा रखा था। दो-तीन लोगों ने देखकर कहा कि दरअसल टोपा ही एक ऐसी चीज़ है जो सर्दियों में ठंड से सिर का बचाव करता है और नज़ला-ज़ुकाम होने नहीं देता है।

भोलानाथ टोकरी में से बैगन छाँटने लगे थे और तीन-चार आदमी पास में बैठ गए थे। एक आदमी एक बैगन को लेकर शुबहा करने लगा था कि वह काना है और भोलानाथ ने देखकर बताया कि बैगन में सिर्फ़ काँटा लगने का निशान है, वैसे वह बिलकुल ठीक है।

भोलानाथ ने फिर पालक ख़रीदी। एक आदमी को पालक पसन्द नहीं आती थी। पर फिर उसने भी ख़रीद ली। भोलानाथ ने एक बार उससे कहा था कि पालक में लोहा काफ़ी होता है, जो उम्र चढ़ी देह के लिए परमावश्यक है और उसे उसका सेवन करना चाहिए। फिर उन्होंने कौन-सी साग-सब्ज़ी और किस खाद्य-पदार्थ में कौन-कौन-से विटामिन होते हैं

और कितनी मात्रा में, और किस विटामिन में शरीर के किस भाग के लिए पोषक तत्त्व पाए जाते हैं, इन सबके बारे में कुछ विस्तार से बताया था। भोलानाथ स्वास्थ्य में उस व्यक्ति से इक्कीस नहीं, चौबीस थे। जबकि उस व्यक्ति के गाल और आँखें गड्ढे में थीं और दाँत जाते रहे थे या जड़ें छोड़ रहे थे, भोलानाथ के चेहरे पर पुरानी पायेदार लकड़ी जैसी दमक थी और दो-एक गिर गए दाँतों को छोड़कर बाक़ी सही थे और कड़ी चीज़ चबा लेने की क्षमता रखते थे। वह सोने से पहले आँख में सुरमा आँज लेते थे और काली डोर खिंची वे आँखें नज़र से हर चीज़ को पकड़े रहनेवाली बाज़ की आँखों-जैसी लगती थीं।

घर लौटते हुए भोलानाथ के साथ मुंशी मदनबिहारी लग लिये। मुंशी जी ने जानना चाहा कि नर्स की ट्रेनिंग के बारे में उनके क्या विचार हैं। मुंशी जी की दूसरी लड़की तीन साल पहले विधवा हो गई थी। उसके जो एक नन्ही बच्ची थी, पहले वह जाती रही थी और फिर बच्ची को देनेवाला पति भी। वह ससुराल से मायके चली आई थी और छूटी पढ़ाई को आगे बढ़ाकर इंटरमीडिएट की परीक्षा पास कर ली थी। अब किसी वृत्ति से जुड़कर वह अपने पैरों आप खड़ी हो जाना चाहती थी।

—नर्स की ट्रेनिंग? किरन के लिए पूछ रहे हो?—भोलानाथ ने प्रश्न किया। प्रश्न कर उन्होंने बताया कि वह समझ गए हैं।

—जी, किरन के लिए ही।

—नर्सवाली बात मेरे गले कुछ उतरती नहीं है। बड़ी जलालत की नौकरी है।

—अब लोग करते तो हैं ही। लड़की की रुचि उधर ही है।

—करने को तो लोग चोरी, डकैती, और क़िस्म-क़िस्म के गन्दे काम भी करते ही हैं। पर इसके मायने यह नहीं हैं कि हर कोई वैसा करने लगे।—भोलानाथ ने कथन को तेज़ बनाने के लिए उसमें हँसी के हीरे की कन लगा ली—मुंशी जी, आपका भला घराना है और भले घराने की लड़कियाँ दाई बनें, रात में अकेले ड्यूटी दें, भई मैं कतई राय नहीं दूँगा।

—किरन कहती है कि फौज़ में नर्सों की बड़ी माँग है और वह वहाँ जा सकती है।

—न्याँ, लड़की क्या खोना चाहते हो?

मुंशी जी कुछ सिटपिटाकर भोलानाथ की ओर देखने लगे जिनके चेहरे पर दूसरे की जड़बुद्धि पर तरस खानेवाला जैसा भाव था।

—औरतजात और फौज़ की नौकरी। नतीजों पर तुमने कभी ग़ौर किया है? सिपाही बहशी होते हैं, बहशी।—भोलानाथ स्पष्ट न कहकर एक गन्दी स्थिति की ओर संकेत करने के लिए विवश थे।

मुंशी जी अब बुरी तरह सिटपिटा गए—नर्सवाली बात मेरी भी समझ में नहीं आती है। मैंने तो कहा, स्कूल में मास्टरी कर लो।

—हाँ, स्कूल में चल सकता है। लेकिन दूसरी शादी क्यों नहीं कर देते हो?

—मैं तो करना चाहता हूँ। उसकी माँ की भी यही मर्ज़ी है। पर किरन ने साफ़ मना कर दिया।—आगे कुछ कहने से पहले यह ज़रूरी हो गया था कि मुंशी जी अपने को सम्हाल लें और वह गर्दन खजुआने लगे थे।—बात यह है कि उसके आदमी ने उसे काफ़ी तकलीफ़ दी थी और शादी की जिन्दगी से वह डरी हुई है।

—उसे समझाओ। यह ज़रूरी नहीं है कि उसका दूसरा पति भी पहले जैसा जल्लाद क़िस्म का निकले।—भोलानाथ दो क्षण रुके—शादी से लड़की के जीवन में भटकाव नहीं रहता है। वह अपनी सही जगह पर आ जाती है।

—मैं ख़ुद भी ऐसा सोचता हूँ। पर किरन कहती है कि वह घर-गृहस्थी के झमेले में अब नहीं पड़ेगी। उसकी रुचि—।

—उसे समझाओ। लड़का तलाशो और ज़ोर दो। मान जाएगी। शादी हो जाए तो यह ज़्यादा ठीक रहेगा।

भोलानाथ ने लड़की को समझाने की बात दो-तीन बार फिर कही।

भोलानाथ को मुरलीधर मिल गया था। मुरलीधर आज भी साफ़-सुथरा किशमिशी रंग का खद्दर का कुर्ता और सफ़ेद पैजामा पहने था। पैरों की चप्पल भी वैसी ही पुँछी-झड़ी थी। दाढ़ी बनी हुई थी और बाल सँवरे हुए थे। दिन के इस तीसरे पहर भी वह ऐसा दीखता था, जैसे अभी-अभी नहाकर आया हो।

—ताऊ जी। कल ज़िला पूर्ति अधिकारी के कार्यालय में जाने का संयोग हुआ। एक मित्र थे और उनकी दूकान के लाइसेंस का मामला था। उन्हीं के साथ चला गया था।—मुरलीधर आज भी मस्तिष्क के करघे पर योजना का थान बुनकर परखवाने लाया था। परखवाने से पहले उसने विचारों के ताने-बाने के बारे में उस्ताद को कुछ जानकारी दे देना ज़रूरी समझा था—वहाँ बाबू लोगों ने ढंग से बात नहीं की। जिससे काम था, वह अपनी जगह से ग़ायब था और पता लगा कि स्टेशन पर किसी को छोड़ने गया है। पूरे डेढ़ घंटे बाद लौटा और काम करने के पाँच रुपये ज़बान पर बिला शर्म-लिहाज़ लाए माँगे। मैं तो सकते में आ गया।

—हर जगह अब यही हाल है।—भोलानाथ ने हल्के ढंग से कहा। कहकर जैसे यह ज़ाहिर किया कि उसके ताने-बाने में कोई विशेषता नहीं है।

—मेरे मस्तिष्क में एक योजना आई है ताऊ जी।—मुरलीधर ने थान सामने रख दिया। चेहरे पर कारीगर के किये गए श्रम और उससे उत्पन्न आश्वस्ति का भाव था, पालिश जितना पतला और चमक लिये हुए।—पन्द्रह-बीस ऐसे व्यक्तियों की एक समिति बनाई जाए जो ऐसी व्यवस्था का विरोध करे। इस समिति के सदस्य बारी-बारी से कार्यालयों में जाएँ और वहाँ फैली अव्यवस्था और अनियमितताओं की ओर अधिकारियों का ध्यान आकृष्ट करें।

—अफ़सर भी इस अव्यवस्था के अंग होते हैं। वे एक कान से सुनकर दूसरे कान से निकाल देंगे।—भोलानाथ ने निर्ममता से थान के कपड़े में से एक धागा खींच लिया।

—तब उस समिति के सदस्य कार्यालयों के सामने प्रदर्शन करेंगे। —मुरलीधर ने थान को कुछ लम्बा-सा खोल दिया। कपड़े को सही ढंग से परखवाने के लिए उसे कुछ ज़्यादा फैलाकर दिखाया जाए।

—सरकार तब आपको उठाकर जेल में बन्द कर देगी।—भोलानाथ ने एक धागा और खींचा, अँगुलियों के बीच ज़रा-सा दबाया और वह टूट गया।

—किन्तु ताऊ जी, हमारा प्रदर्शन और विरोध शान्तिमय रहेगा—मुरलीधर ने कपड़े में पड़ गई सिलवट को हाथ से रगड़कर निकाला।

—सरकार को अधिकार है कि शान्तिमय प्रदर्शनों को भी ग़ैर-क़ानूनी घोषित कर दे।—उस्ताद भोलानाथ ने कपड़े पर से हाथ समेट लिया—हर कार्यालय में एक शिकायत पेटी या परिवाद-पुस्तक रहती है। जिसको कोई शिकायत है, वह उस पेटी में डाल दे या उस पुस्तक में लिख दे। और यह तरीक़ा भी सही है।—

—मेरी योजना का उद्देश्य यह था कि—।

—यह कोई योजना ही नहीं है।—उस्ताद भोलानाथ ने अपनी राय दे दी थी कि उस थान का कपड़ा दो कौड़ी का है और सही बात तो यह है कि उसे कपड़ा ही नहीं कहना चाहिए।

मुरलीधर के चेहरे पर कुछ नरम-सा था और वह दरक गया। जैसे पालिश पर जगह-ब-जगह खरोंचें पड़ गई हों और अब वह पालिश न रही हो। आधा मिनट तक वह अपने कुर्ते के बटन को छूता और दबाता रहा। फिर गर्दन को छुआ, जैसे वहाँ तिनका या उस जैसा कुछ अवांछित था और वह उसे हटक दे। पर वहाँ वैसा कुछ नहीं था। फिर ऐसा लगा कि अब वह उठ जाएगा। पर उठने को होता हुआ वह रुका रहा।

—ताऊ जी। मेरा एक मित्र अख़बार निकालने की सोच रहा है और मुझसे कहता है कि मैं भी उसके साथ रहूँ।—दरक के निशान मिट गए थे और चेहरे पर वह नरम-सा फिर लौट आया था। उसके पास अभी योजना का एक थान और था और शायद उस्ताद की निगाह में वह खरा उतर जाए।

—पर अख़बार तो काफ़ी निकलते हैं और अच्छे-अच्छे।—भोलानाथ ने उपेक्षित ढंग से इस थान में से भी एक धागा खींच लिया। यह थान भी देखने में पहले जैसा रद्दी क़िस्म का है।

—इस अख़बार में केवल इस ज़िले के समाचार होंगे। अपने ज़िले की ख़बरों के बारे में भी बहुत-से लोग अनजाने रह जाते हैं।—मुरलीधर ने थान को पलटा देते हुए खोला।

—मेरी समझ में नहीं आता कि ऐसा यहाँ क्या होता है जो उसे लोगों को सुझाने के लिए एक अख़बार निकाला जाए?—उस्ताद को एक जगह बड़ा झीना-झीना-सा लगा था और उन्होंने उस हिस्से को हाथ में लेते हुए चुटकियों से मसला।

—ख़बरों के साथ उसमें लेख, कविताएँ और कहानियाँ भी रहेंगी।—मुरलीधर ने पलटा देकर थान को कुछ और खोला। पूरा देखकर फ़ैसला दीजिए।

—तो यह न तीतर होगा न बटेर।...तुम्हारा वह मित्र, मुझे लगता है, नातजुर्बेकार है।—भोलानाथ ने कपड़े को एक ओर अलग समेट दिया—दो-एक अंक के बाद जब दो-ढाई सौ रुपये फुर्र हो जाएँगे तब सारा जोश झड़ जाएगा।

—वैसे छोटे-छोटे ज़िलों से पत्र-पत्रिकाएँ निकलती तो हैं।—मुरलीधर ने अपने कपड़े के बारे में कुछ सफ़ाई देना चाहा।

—लोग उनमें परचून का सामान बाँधते हैं, समझे?—उस्ताद ने साफ़ कह दिया कि अगर इसे कपड़े की संज्ञा दे भी दी जाए तब भी बस ज़्यादा-से-ज़्यादा काग़ज़ों के बीच परत देने के काम में आ सकता है, अन्यथा बेमतलब का है।

—मुरलीधर के चेहरे पर वही नरम-सा फिर दरक गया था। वह अपनी गर्दन पर फिर किसी अनुपस्थित तिनके को कुछ देर तक तलाशता रहा।

—तुम्हारे प्रेस का क्या हाल है?

—ठीक है।

—यहाँ-वहाँ जाकर काम बटोरो और प्रेस बढ़ाओ। प्रेस भी दौड़ा-धूपी माँगता है।—उस्ताद ने उसे उस काम के लिए बिलकुल निकम्मा ठहरा दिया था। हाँ, इस दूसरे काम में वह चल सकता था, बशर्ते मेहनत करे।

भोलानाथ के बेटे ने एक महीने के अन्दर यह तीसरी पार्टी की थी। पहली तब की थी जब पी. डब्लू. डी. के नये इंजीनियर आए थे। दूसरी दो हफ़्ते बाद उस समय की थी जब सदर के हाकिम परगना का एकाएक टेलीफ़ोन पर तबादले का आदेश आ गया। उनके विरुद्ध कुछ शिकायतें थीं और तबादले का आदेश अप्रत्याशित रूप से आया था। पर भोलानाथ के बेटे ने वक़्त बहुत कम होते हुए भी पार्टी का आयोजन कर दिया था और सही ढंग से। तीसरी पार्टी आज आठ दिन बाद इसलिए की गई थी कि बेटे का जन्मदिन था। भोलानाथ का लड़का आज की पार्टी के लिए विशेष उत्सुक नहीं था। तीन दिन से वह अस्वस्थ था। फिर तले-ऊपर दो पार्टियाँ हो चुकी थीं और टालने पर इसको टाला जा सकता था। पर भोलानाथ ने कहा कि जब पोते के जन्मदिन पर हर साल पार्टी होती है तो इस बार भी हो। पार्टी करने के कुछ विशेष अवसर होते हैं और उन पर वे होनी ही चाहिए, भले ही संयोग से वे अवसर पास-पास सिमट आए हों।

शाम के अँधेरे को बिजली के तेज़ पावरवाले बल्ब फाड़ रहे थे। कूड़ा-कचरा दूर-दूर तक दिखाई नहीं दे रहा था। कारें और जीपें आ-आकर क़तार में खड़ी हो रही थीं। अपने दरवाज़े से कुछ आगे बेटे के साथ भोलानाथ भी खड़े थे। वह आज चूड़ीदार पैजामा और अचकन पहने हुए थे। पिछली पार्टी में उन्होंने सूट पहना था। अचकन-पैजामा उन पर फब रहा था। सूट भी उन पर फबा था। अतिथि आ रहे थे और वह स्वागत में व्यक्ति और स्थिति के अनुसार या तो हाथ जोड़ देते थे या हाथ मिलाते थे।

आसपास के हिसाब रखनेवाले हिसाब लगा रहे थे कि भोलानाथ ने चौबीसवें दिन आज यह तीसरी पार्टी दी है...कार, जीप और स्कूटरों की संख्या बीस हो गई है...अब पच्चीस...साइकिल से कोई नहीं आया है, जिनके पास अपनी सवारी नहीं है वे दूसरे की सवारी पर आए हैं...पुलिस कप्तान तो आ गए हैं, पर ज़िलाधीश महोदय अभी नहीं आए हैं...वह पीले रंग की अपनी स्टेशन वैगन पर आएँगे। वह यहाँ हमेशा आते हैं।...

हिसाब लगानेवाले के हिसाब के अनुसार भोलानाथ की महत्ता और विशिष्टता में महत्ता और विशिष्टता का और योग हुआ था।

# चौदह

वह, यानी सत्यवीर, वापस आया तो पत्नी को बता दिया कि उसके दफ़्तर में कल हड़ताल होगी। वह प्रतीक्षा करता रहा था कि घर पहुँचे और अपनी पत्नी को आनेवाली स्थिति से आगाह कर दे। उसकी आवाज़ ठंड से जकड़े गले से निकली जैसी ठस थी। अपनी बात कहकर पहले तो वह मसहरी पर कुछ देर तनकर बैठा रहा, फिर बाद में हाथ फैलाते हुए उसने जिस्म को यों ढीला छोड़ दिया था जैसे वह थका हुआ है और उसे आराम की सख़्त ज़रूरत है। उसकी दाहिनी भौंह के ऊपर सामान्य आकार का एक मस्सा था, पर इस वक़्त वह काफ़ी उभरा हुआ लग रहा था।

—कल तक तो तुम कह रहे थे शायद न हो।—पत्नी का स्वर ज़मीन से अलग हुई मिट्टी-जैसा भुरभुरा था।

—हाँ, कल तक ऐसा लगता था। पर आज स्थिति बदल गई और निर्णय ले लिया गया है।

—यहाँ सब दफ़्तरों में होगी?

—हड़ताल सिर्फ़ मेरे अपने विभाग में है और उसका यहाँ बस एक ही दफ़्तर है।

चाय आ गई थी और वह चाय पीने लगे। चाय काफ़ी गर्म थी और यह अच्छा था। वह चाय की तलब आज काफ़ी पहले से महसूस करने लगा था। लंच के कुछ बाद ही यह ख़्वाहिश होने लगी थी कि उसे एक कप चाय और ले लेना चाहिए। फिर उसने सोचा कि अब वह घर जाकर ही पिएगा, जैसे कि रोज़ पीता है। कुछ देर बाद उसने फिर विचार बदला कि वह कैंटीन में चला जाए और एक कप कड़क चाय पी ले ताकि सिर में जमा भारीपन पिघल जाए। पर उठने को होकर भी वह उठा नहीं और बैठा रहा। वह पहले विचार पर फिर वापस आ गया था कि चाय अब घर जाकर ही पिएगा और उसे थोड़ा बर्दाशत करने की भी आदत डालना चाहिए। उसे इस बात से सहारा मिला कि जेब में पैसे कम हैं। फिर उसने एक रजिस्टर उठाकर अपने को व्यस्त कर लिया, यह समझते हुए कि व्यस्तता भी किन्हीं क्षणों में असह्य भार से मुक्ति का सहारा बन सकती है।

—तुम्हारे दफ़्तर में सब लोग काम पर नहीं जाएँगे?

—शुक्ला और सिंह की ओर से शक है। वे ढीले पड़ रहे हैं।

कहकर उसने महसूस किया कि उसके अन्दर कुछ चुभा है। वहाँ एक फाँस है जिसकी दबी नोक उभर आई है। क्या वह ख़ुद भी ढीला नहीं पड़ रहा है? हड़ताल के अंज़ाम के बारे में सोच-सोचकर क्या उसके अपने हाथ-पैर फूल नहीं रहे हैं?

पर उसके लिए समझा यह जाता है कि वह पक्का और पोढ़ा है। दफ़्तर में हरेक आश्वस्त है कि अगर हड़ताल हुई तो हड़तालियों की टोली में सत्यवीर निश्चय ही होगा। इन सबके कुछ कारण हैं। वह दूसरों की निगाह में तेज़ और तर्रार है। उसमें राजनीतिक गतिविधियों के प्रति जागरूकता है। वह अपने हितों और अधिकारों के प्रति सचेत है। बड़े साहब के बँगले पर वह दफ़्तर के काम के अलावा नहीं जाता है। एक बार एक नये सहायक इंजीनियर ने एक लाइनमैन के थप्पड़ मार दिया था। जब हंगामा खड़ा होने पर इसकी जाँच हुई तो उसने उस इंजीनियर के ख़िलाफ़ गवाही दी थी। दो वर्ष पहले वह अपने ज़िला संघ का संयुक्त मंत्री भी रहा था।

—क्या वह हड़ताल में शामिल नहीं होगा?—उसने अपने से प्रश्न किया। फिर उत्तर में एक और प्रश्न किया—क्या वह शामिल होने से बच सकता है?—पहले प्रश्न का यह प्रश्न क्या उत्तर था?

उसे लगा कि उसके सिर का भारीपन फिर बढ़ गया है। चाय की गर्मी से अन्दर का जो कड़ापन पिघला था वह सख़्त हो गया है। जब उसे तेज़ जुकाम हो जाता या रात में किसी वजह से ठीक से नींद नहीं आती तो सिर में ऐसे ही भारीपन की शिकायत हो जाती थी।

पिछली बार आन्दोलन के सिलसिले में एक नियत तारीख़ पर एक साथ आकस्मिक अवकाश ले लेने के लिए ऊपर के नेताओं से निदेश आया था। पर छुट्टी ली नहीं गई थी। संघ के कार्यकर्ताओं में आपसी मतभेद था और एक मत से निर्णय लिया न जा सका था। यहाँ की शाखा उस समय ठंडी और लुचलुची थी। पर फिर यहाँ सरगर्मियाँ शुरू हो गईं। केन्द्रीय समिति के सदस्य आए थे और संगठन को मज़बूत कर गए। उस समय के ढीलेपन से उसे भी चिढ़ हुई थी। जब कोई वर्ग समझता है कि उसके साथ ज़्यादती हो रही है या उसकी कोई माँग न्यायपूर्ण है तो ज़्यादती से निदान पाने या माँग की पूर्ति के लिए संघर्ष होना ही चाहिए।

लेकिन अब?

क़रीब बारह बजे वह व्यक्ति दफ़्तर में आया था। वह छोटे-से क़द का निहायत दुबला-पतला आदमी था। हाँ, उसके चेहरे पर तराश का अतिरिक्त पैनापन था और आँखें भी कुछ ज़्यादा चमकदार थीं, धूप में चमकते चिकने तरल पदार्थ जैसे। वह पतलून के ऊपर पूरी बाँह की ऊनी बुश्शर्ट पहने था। उसके साथ ज़िला संघ का मंत्री तिवारी था। वह उसे उसके कमरे में ले आया था। पहले उसने मेहरोत्रा के पास ले जाकर उसका परिचय कराया। फिर उसके पास ले आया और धीमे स्वर में कहा कि यह लखनऊ से आए हैं और केन्द्रीय संघर्ष समिति के सदस्य हैं।

उस व्यक्ति ने उससे हाथ मिलाते हुए कहा—मैं आप सब लोगों को आपके कर्तव्यों का स्मरण कराने आया हूँ।

उसे लगा कि वह कपड़े कम पहने हुए है और ठंड उसके जिस्म में दौड़ती जा रही है।

—सत्यवीर जी संघ के काम में काफ़ी दिलचस्पी लेते हैं।—तिवारी ने उस व्यक्ति को बताया।

—देखिए, हड़ताल का सफल होना आप सब पर निर्भर है। आप में से हरेक उसकी एक कड़ी है।

वह व्यक्ति चला गया था और उसके सिर में भारीपन पैदा हो गया था। दफ़्तर के वातावरण में तनाव आ गया था और हर चेहरा असामान्य और असहज था।

दफ़्तर में कार्य-समय के बाद मीटिंग हुई। तनातनी के बीच निश्चित कार्यक्रम के अनुसार हड़ताल करने का निर्णय लिया गया।

उसके सिर में भारीपन और बढ़ गया था, जैसे उस भारीपन में जगह-ब-जगह नोकें निकल आई हों और वे चुभकर अपने भारीपन के एहसास को और भी तीखा कर रही हों।

किसी ने उसका नाम लेकर पुकारा। वह बाहर आ गया। उसके दफ़्तर के गुप्ता और अंसारी थे। उनके चेहरे अब भी असामान्य और असहज थे।

—सी. आई. डी. घूम रही है।—गुप्ता ज़बान दबाकर फुसफुसाया।

—मुझे लगता है, कुछ लोग टूट जाएँगे। शुक्ला और सिंह ने तो साफ़ कह दिया है।—अंसारी की आवाज़ उखड़ी-उखड़ी थी।

—अपना साहब बड़ा सख़्त है। ज़रा भी मौक़ा मिला और रगड़ देगा।—गुप्ता फिर फुसफुसाया।

—उसे आज की मीटिंग की ज़रूर ख़बर मिल गई होगी।—अंसारी ने कहा। उसका दाहिना पैर लरजिश करने लगा था और वहाँ पतलून काँप रही थी।

—हड़ताल अगर चलती है तो मज़बूती से चले। असफल होने पर हम मार दिये जाएँगे।—गली के मोड़ पर एक आदमी खड़ा हो गया था। गुप्ता चौकन्ना होकर उधर देखने लगा। पीछे से एक औरत आ गई और वह आदमी फिर आगे बढ़ गया।

—अपने लीडरों ने जल्दबाज़ी की है। इतनी जल्दी हड़ताल शुरू करने का फैसला नहीं लेना चाहिए था।—लरजिश अब अंसारी की दाहिनी बाँह में भी आ गई थी। वहाँ क़मीज़ की आस्तीन काँप रही थी। और वह ठीक से बता न सका कि वे क्या कहने आए थे।

उसने ख़बरों के लिए रेडियो लगा दिया। कुछ देर बाद रेडियो ने एलान किया—सरकार हड़तालियों के साथ सख़्ती से पेश आएगी।

—पेश आए। अब जो होना होगा सो होगा।—वह बुदबुदा उठा। अनिश्चितता के कीले से टँगी स्थिति उसके लिए बेहद पीड़ामयी और छटपटाहट लिये हो गई थी और वह उससे उतर आया था। 'इस' और 'उस' जगह में से उसे कहाँ खड़े होना है, अन्त में यह फ़ैसला हो ही गया था। चुनी हुई जगह अगर ग़लत है तब भी यह तो निश्चित है ही कि उसे वहाँ खड़े होना है और वही उसकी नियति है। अनिश्चितता के कीले से टँगे होनेवाली पीड़ा और छटपटाहट से वहाँ मुक्ति तो है। दरअसल बराबर घने छाए रहनेवाले उस डर के बावजूद वह कहीं अन्दर-ही-अन्दर यह अनुभव करता रहा था कि उसे हड़ताल में शामिल होना है और वह उससे बच नहीं सकता है। इस अनुभूति ने ही उसे ज़्यादा गीली हो गई मिट्टी की तरह बैठ जाने से रोक रखा था।

समय था और वह बाहर निकल सकता था। पर वह निकला नहीं। उसने तय किया कि अब वह सोएगा और वह लेट गया।

सुबह उठा तो उसका सिर फिर भारी था, किसी क़दर ज़्यादा ही। अन्दर सिल की तरह कुछ फिर जम गया था, वही बेहद कड़ा और वज़नी और जगह-ब-जगह नोकें लिये हुए। उसे रात बहुत देर गए तक नींद नहीं आई थी। वह उठकर पानी पीता था और कुछ देर बाद गुर्दों पर दबाव महसूस कर पेशाब करने जाता था। फिर पानी पीता था और फिर पेशाब करने जाता था। सड़क पर दौड़ती ट्रकों की आवाज़ें उसे रौंदती हुई निकल जाती थीं। फिर जब उसे झपकी आई तो उसने देखा कि उसके हाथ में हथकड़ी पड़ी है और वह एक सीखचेदार कोठरी में है, कि दफ़्तर के चपरासी ने उसे एक काग़ज़ लाकर दिया है जिस पर उसकी ग्यारह साल की नौकरी ख़त्म कर

दिये जाने का आदेश लिखा है, कि वह शीशे में अपना चेहरा देख रहा है और वहाँ दो सूत बढ़ी हुई दाढ़ी है, आँखों की कोरों में अटी हुई कीचड़ है और फटे-पपड़ियाए हुए ओंठ हैं।...

चुनी गई वह जगह छूट गईं थी और 'इस' और 'उस' के बीच में वह अपने को फिर पा रहा था। हड़ताल न करने की जगह पर खड़े होने में ख़तरा नहीं है, पर बदनामी कितनी है? साथियों की निगाह में वह गिर जाएगा। वे उसके चेहरे पर घृणा का लिसलिसा थूक चिपका देंगे। दूसरी ओर हड़ताल करने की जगह पर खड़े होने में ख़तरा-ही-ख़तरा है। हड़ताल की असफलता पर उसकी नौकरी जा सकती है। नौकरी जाने पर बीवी-बच्चों का क्या होगा? नंगी ज़रूरतों के लिए वे किस-किसका मुँह ताकेंगे? किसी दूसरे काम में वह फिट न हो पाया तब? वह गिरफ़्तार भी किया जा सकता है। उसने पाया कि वह कुछ तय नहीं कर पा रहा है। 'इस' की ओर बढ़ता है और लौट आता है। 'उस' की ओर बढ़ता है और लौट आता है और फिर बीच में आकर खड़ा हो जाता है। दोनों ही जगहों से अपने-अपने भय जुड़े हुए हैं। एक इतनी ठंडी है कि वहाँ खड़े होने पर बर्फ़ जैसा जमा जा सकता है। दूसरी इतनी गर्म है कि वह झुलसा दे सकती है। पर इन दोनों के बीच में ही चुनाव होना है और वह हो नहीं पा रहा है। वह अनिश्चितता के कीले से क्या फिर टँग गया है?

—हड़ताल आज होगी?—पत्नी ने चौके में जाते हुए पूछा। इस प्रश्न के अन्दर से जैसे प्रश्न किया गया हो—हड़ताल में क्या आप शामिल होंगे?

उसने चाय का घूँट भरा। चाय ज़्यादा गर्म थी और उसकी ज़बान जल गई—देखो।

वह घर के दरवाज़े पर निकलकर खड़ा हो गया।

भोलानाथ अपने घर के आगे, बरामदे में, खड़े थे। दोनों घरों के बीच में फ़ासला ज़्यादा नहीं था।

वह भोलानाथ को पसन्द नहीं करता था। उसे उनसे चिढ़ थी। कभी सीधी टकराहट का मौक़ा नहीं आया था, पर फिर भी चिढ़ थी और वह उनसे

बचता था। भोलानाथ में, उसकी समझ में, अहम बहुत था, कुछ इतना ज़्यादा कि संवेदनशील व्यक्ति को वह चुभ सकता था। वह अपनी मान्यता को ही सही मानते थे और दूसरे पर आरोपित करते थे। उनका नज़रिया तंग था।

लेकिन इस समय उसने महसूस किया कि उसे भोलानाथ से बातचीत करनी चाहिए। उनकी बुराइयों या अपनी चिढ़ को वह पचा सकता है। दरअसल वह चाहता था कि जो निर्णय वह स्वयं नहीं ले सका है, उसे कोई दूसरा ले ले। वह यह तय कर दे कि उसे 'इस' या 'उस' में से किस जगह पर खड़े होना है? जिस जगह के लिए वह कह देगा, वह वहीं जाकर खड़ा हो जाएगा। तब ज़िम्मेवारी उसकी अपनी न होकर दूसरे की होगी। कुछ ग़लत होने पर यह एहसास फिर उसे छीलेगा नहीं कि फ़ैसला उसका अपना था। फ़ैसला होते ही वह अनिश्चितता के कीले से टँगकर छटपटाने की पीड़ा से भी त्राण पा जाएगा। वह भोलानाथ की ओर बढ़ गया। वह अभी कुछ दूर था कि भोलानाथ ने उसे देख लिया—सत्यवीर! रेडियो पर ख़बर है कि हाइडिलवाले आज से हड़ताल करने जा रहे हैं। यहाँ तो शायद हड़ताल नहीं हो रही है?

—हो रही है।

—हो रही है? अयँ।—भोलानाथ कुछ चौंक गए—यह तो ठीक नहीं है।

वह चुप खड़ा रहा।

—तुम्हारे ब्रांच में भी हो रही है?

—सभी ब्रांचेज़ में हो रही है।

—पिछली बार तो यहाँ कुछ नहीं हुआ था। तुम भी हड़ताल में हिस्सा लोगे?

—सब ले रहे हैं। मैं बच कैसे सकता हूँ?—वह शब्दों को कभी रुक-रुककर बोलता था और कभी तेज़ी से।

—सुबह ही रेडियो पर आया है कि सरकार हड़तालियों के साथ सख़्ती से पेश आएगी।...सरकार ने कड़ा रुख ले लिया तो मुसीबत में फँस जाओगे।

वह कुछ बोला नहीं।

—सौ में दो-एक हड़तालें ही सफल होती हैं। मुझे लगता है यह भी सफल नहीं होगी।—भोलानाथ ने स्थिति की गम्भीरता के अनुरूप अपनी मुद्रा को कस लिया—सरकार आये दिन की धमकियों से परेशान आ गई है और उसका रुख हड़तालियों की तरफ़ कड़ा हो गया है।—उन्होंने मुद्रा के अनुरूप अपनी दोनों बाँहों को सीने पर बाँध लिया—मुझे यह भी शक है कि सारे ज़िले हड़ताल में भाग लेंगे। हर जगह लोग किसी के कहने से आग में कूदने के लिए इतनी आसानी से तैयार नहीं हो जाते हैं।—मुद्रा के अनुरूप वह कहीं दूर देखने लगे थे।

उसने सोचा कि वह कुछ कहे। पर उसकी समझ में नहीं आया कि वह क्या कहे। अभी उसके लिए साफ़ फ़ैसला भी नहीं हुआ था।

—सत्यवीर, मेरी मानो तुम हड़ताल में हिस्सा न लो।—भोलानाथ ने दूर देखनेवाली दृष्टि अब उसके चेहरे पर गड़ा दी थी।

उसके लिए फ़ैसला ले लिया गया और कहा गया कि वह 'उस' जगह पर खड़ा न होकर 'इस' जगह पर खड़ा हो। उसके भारीपन को क़ायदे से अब पिघल जाना चाहिए था। लेकिन 'इस' जगह पर जाने से पहले उसने महसूस किया कि उसे वहाँ से जुड़े भय को सामने रख देना चाहिए। उस भय को सामने रखकर जैसे वह यह बता देना चाहता था कि वैसा फ़ैसला उसने स्वयं क्यों नहीं लिया और वह क्यों बचता रहा।

—मैं लिखकर दे चुका हूँ कि मैं हड़ताल करूँगा। उन्होंने हड़ताल करनेवाले सब लोगों से एक काग़ज़ पर दस्तख़त करा लिये थे।

—इससे कोई फ़र्क़ नहीं पड़ता है। हमने बाद में सोचा और इस नतीजे पर पहुँचे कि पहलेवाला फ़ैसला रद्द कर देने लायक़ है।

—इसमें बहुत बदनामी होगी। वे समझेंगे कि मैं गीदड़ क़िस्म का इनसान हूँ।

—किसी के कुछ समझने के डर से आदमी को आँखें बन्द कर अपने को ख़तरे की आग में झोंक नहीं देना चाहिए।

—वे समझेंगे कि मैंने उनको धोखा दिया है।

—फिर वही बात। उनके समझने के डर से क्या बाद में जो ग़ौर कर सही पाया गया है उस पर अमल न किया जाए? यह सब कच्चे दिमाग़ की बातें हैं। हम अपना हित-अहित अपनी नज़र से देखेंगे न कि दूसरे की नज़र से।

भोलानाथ फिर उसके कन्धे पर हाथ रखकर उसे आत्मीय भाव से समझाने लगे कि शर्म-झिझक या झूठा दिखावा आदमी के लिए घातक होता है और आदमी को उनसे बचना चाहिए। हम अन्दर से तो डरें, पर बदनामी के डर से ऊपर से शेर बन जाएँ, इसे कोई भी समझदार सही नहीं कहेगा! किसी आदमी के प्रति दूसरे की घृणा स्थायी नहीं होती। है। आज अगर कोई किसी के बारे में बुरा सोचता है तो कल अच्छा सोचने लगेगा। स्थिति और विचार बदलते रहते हैं। फिर उन्होंने कहा कि शायद हड़ताली उसे ड्यूटी पर आसानी से जाने नहीं दें और रुकावटें डालें। हो सकता है कि इस स्थिति को ही सोचकर वह घबड़ाया हुआ हो और उखड़ रहा हो। वह करे यह कि पुलिस के साथ अन्दर चला जाए। पुलिस के पास कोई नहीं फटकेगा और वह सीधी टकराहट से बचा रहेगा। भोलानाथ फिर अपने को वही पहलेवाले कहे पर ले आए कि आदमी को ज़्यादा भावुक और हल्का नहीं होना चाहिए और उसे हर स्थिति को अपने हित-अहित के पलड़ों पर तोलना चाहिए।

और सच में सत्यवीर दफ़्तर के फ़ाटक से पहले ही पुलिस के साथ हो लिया और उनके संरक्षण में अन्दर गया। शुक्ला और सिंह उसके साथ थे। रामचन्द्र वहाँ पहले से मौजूद था।

उसे उम्मीद थी कि अन्दर कुछ लोग और आएँगे। पर और कोई नहीं आया। हाँ, बाहर से हड़तालियों के नारों की आवाज़ें अन्दर ज़रूर आती रहीं। रह-रहकर उसका नाम उछालकर मुर्दाबाद चिल्लाया जाता था या फिर हाय-हाय के जलते हुए पुछल्ले को नारे के साथ बाँध दिया जाता था।

उसने महसूस किया कि अन्दर आ जाने पर भी तनाव गया नहीं है। उसका एहसास अपना कसाव लिये हुए वहाँ अब भी है। कोई अदृष्ट चीज़ है और उस पर गिरती आ रही है। उसने काम में अपने को फँसा लेना चाहा। वह टाइपराइटर पर बैठ गया और टाइप करने लगा। कुछ देर बाद उसने

पाया कि कार्बन उलटा लगा हुआ है। वह काग़ज़ बदलकर फिर टाइप करने लगा। उसने कम-से-कम चार बार देखकर यह निश्चय कर लिया कि अब की कार्बन सीधा लगा हुआ है। पर इस बार एक पैराग्राफ़ ही छूट गया।

रामचन्द्र बाबू से भी शायद रजिस्टर ग़लत हो गया था और वह कुछ लिखे को रबड़ से मिटा रहे थे। रामचन्द्र बाबू और उसकी सीटें पास-पास थीं। आध घंटा हो गया था और उन दोनों ने कोई बातचीत नहीं की थी। इससे पहले रामचन्द्र बाबू ने पूछा था—आज नल में पानी नहीं आ रहा है?

उत्तर में उसने पूछा था—क्या नहीं आ रहा है?

बाहर हड़ताली वैसे ही नारे उछाल रहे थे। वे कुछ देर के लिए रुक जाते थे, जैसे दौरों के बीच में बेहोशी आ गई हो। पर जल्द ही बेहोशी टूट जाती थी और दौरे फिर शुरू हो जाते थे। नारों में दूसरों के भी नाम थे। पर उसका नाम अधिक उछाला जा रहा था, या शायद उसे ही ऐसा लग रहा था। खिड़की पर जाने पर फाटक दिखाई देता था और बाहर जमा लोगों का जायज़ा लिया जा सकता था। पर पेशाबख़ाने की ओर वह गया तो खिड़की बचाकर गया।

बाहर ग़ज़ल गाई जाने लगी थी। यह सक्सेना था और उसका गला खुला हुआ और संगीतमय था :

*सरफ़रोशी की तमन्ना अब हमारे दिल में है।*
*देखना है ज़ोर कितना बाजुए क़ातिल में है।*

क्या सक्सेना को अंज़ाम सोचकर डर नहीं लग रहा है? क्या उन सबको नहीं लग रहा है? साथ होने पर क्या उसे भी नहीं लगता? तब वह भी नारे लगाता होता। वह नारों में कुछ नयापन लाता, जैसे, 'रहने को क्वाटर दो नहीं पूरा भत्ता दो', या 'तुम एक-एक दो हो, हम एक-एक ग्यारह हैं।'

छुट्टी के समय भी बाहर निकाल ले चलने के लिए पुलिस आ गई थी। जब वह फ़ाटक से गुज़रा तो नारों के साथ दो-चार हड़तालियों ने हवा में जूते और चप्पल भी उछालीं।

वह घर के अन्दर था और पाँच-सात हड़ताली बाहर इकट्ठा हो गए और उसका नाम लेकर कुछ और भी बदबूदार नारे लगाने लगे। वह अपने पिछले कमरों में दोनों हाथों से सिर पकड़े बैठा रहा। उसे लगा कि उसे मोहल्ले के बीच खड़ा कर नंगा कर दिया गया है और उसके जिस्म के सफ़ेद दाग़ दिखाए जा रहे हैं।

जब हड़ताली चले गए, उसने पाया कि दरवाज़े के अन्दर चूड़ियाँ, सिन्दूर और कुछ काग़ज़ डाल गए हैं। काग़ज़ों पर उसकी बुज़दिली और कायरता को लेकर फब्तियाँ कसी गई थीं। एक काग़ज़ पर उससे ड्यूटी पर न जाकर हड़ताल में सम्मिलित होने की अपील भी की गई थी। अपील को पढ़कर उसके अन्दर कुछ उलटने-पलटने लगा—वह 'इस' जगह को छोड़कर अगर कल 'उस' जगह पर जाकर खड़ा हो जाए तब? सत्तावन लोगों में तिरेपन उस जगह पर हैं। वहाँ जाते ही वह साथियों की निगाह में धुल-पुँछ जाएगा। वह अपनी ग़लती मान लेगा और कहेगा कि उसका भी भविष्य उन लोगों के साथ है।

घंटा-भर बाद भोलानाथ आ गए और कल जैसा ही उन्होंने फिर कहा कि उसको इन नारों और लांछनों की परवाह नहीं करना चाहिए। दो-चार दिन बाद जब वे हड़ताल के नतीजों को भुगतेंगे, तो पछताएँगे और महसूस करेंगे कि सत्यवीर अक़्लमन्द था जो इस आग से दूर रहा।

दूसरे दिन भी वह पुलिस के साथ ही गया और फ़ाटक पर फिर वैसे ही नारे लगे। आज एक पुतला भी जलाया गया, जिसका नाम रखा गया दगाबाज़लाल और उसके सिर पर जूते मारे गए।

शाम को हड़ताली उसके घर के बाहर फिर जमा हो गए और उसने पाया कि आज उनकी घृणा उसके प्रति और भी तीखी और बदबूदार है।

—पापा, वे यहाँ गधा क्यों बाँध गए?—आठ साल के बेटे की आँखों में जानने की बेचैनी थी।

वह गूँगा-सा खाट पर जाकर पड़ रहा और कुछ देर बाद उसने पाया कि वह तकिये में मुँह गड़ाता हुआ रो रहा है।

हत्या

# पन्द्रह

—राम नाम सत्त है, सत्त बोले मुक्त है—।

उन मकानों के बीच में जो एक चौड़ी गली थी, उस पर से एक मुर्दा ले जाया जा रहा था। चार आदमियों के कन्धे पर एक टिकठी लदी थी। टिकठी पर कोरे सफ़ेद कपड़े से लिपटी और मूँज की डोर से आड़ी-तिरछी कसी एक लाश रखी थी। पीछे-पीछे पन्द्रह-बीस आदमी घिसट रहे थे। 'राम नाम सत्त है' दो-तीन आदमी कहते और बाक़ी लोग 'सत्त बोले मुक्त है' एक बँधे हुए ढर्रे से उचार देते, जैसे उन सबको कुछ दे दिया गया था और बता दिया गया था कि एक विशेष संकेत पर उनको उस दिये हुए को थोड़ा-थोड़ा कर फेंक देना होगा। 'राम नाम सत्त' का संकेत होता था और वे 'सत्त बोले मुक्त' को फेंक देते थे। लाश के पीछे चलते वे जीवित लोग लाश जैसे ही दीख रहे थे। मौत ने आधा-पौना उनको भी दबोच रखा था। उनकी गर्दनें लटकी हुई थीं और चेहरे जड़ पदार्थ, मसलन काठ, मिट्टी, पत्थर के थे। आँखों में अगर चमक, तरलता जैसी कोई चीज़ होती है तो वह निकल चुकी थी। आगे श्मशान को जानेवाली

सड़क मिलेगी और लोग उस पर मुड़ जाएँगे। मुर्दा उसी रास्ते से सम्बद्ध एक-दूसरे मोहल्ले से आ रहा था।

किसी रास्ते से जब कोई शव गुज़र रहा हो तो उसके पीछे चलनेवालों के बारे में अक्सर ग़लतफ़हमी हो जाती है। मुर्दा जिधर ले जाया जा रहा होता है, वे भी उधर जाते होते हैं और उनको मुर्दनी में शामिल लोगों से अलग कर देखना मुश्किल हो जाता है। यही लगता है कि वे भी मुर्दे के साथ-साथ हैं।

मिसाल के तौर पर इस समय रामसरन भी ऐसे ही दीख रहे थे। वह बैंक में बाबू थे और बैंक जा रहे थे। हालाँकि दस बजने में अभी देर थी, पर वह पहले ही चल देते थे ताकि वक़्त के बाद पहुँचने से पैदा ख़तरे का कोई ख़तरा न रहे। रामसरन बाबू की वास्तविक आयु पैंतीस वर्ष की थी, पर वह पैंतालिस के लगते थे। उनकी ज़िल्द में चिकनापन नहीं रहा था और उसमें सूखी, कड़ी लकीरें पड़ना शुरू हो गई थीं। सिर, मूँछ और दाढ़ी के बालों में सफ़ेदी नाम के दुश्मन ने जगह-ब-जगह चौकियाँ बना ली थीं। उनका पस्ता-सा क़द था और आँख पर चढ़ें चश्मे के कारण वह और भी पस्ता लगता था। वह पान नहीं खाते थे, पर फिर भी दाँतों की जड़ों में कालेपन ने तह जमा ली थी। मुद्दत पहले उनकी चपटी नाक के सिरे पर एक फुन्सी निकली थी जो फिर गुल्थी बन गई और स्थायी रूप से वहीं की हो गई। वह बिला नागा सुबह हर मौसभ में नहाते थे, पर फिर भी यही लगता था कि वह बिला नहाए हुए हैं, क्योंकि उनकी कमीज़ या बुश्शर्ट या कालर गन्दा होता और उसमें कनखजूरे की शक्ल के मैल के निशान बने होते और अगर कमीज़ या बुश्शर्ट साफ़ होती, तो अन्दर की बनियान अपनी पीली और बीमार शक्ल दिखाती होती। उनकी पतलून के पाँयचे से ज़्यादातर उधड़ी सीवन के झुतड़े लटकते रहते और कमर पर चमड़े की पेटी से खींचकर बाँधी जाने के कारण वह घर के सिले नाड़ा पड़े पैजामे का धोखा देती थी। उनके जूतों पर पालिश पन्द्रहवें-बीसवें दिन ही लगती थी और बाक़ी दिन वे ल्यूकोडर्मा के मरीज़ बने रहते थे। वह चौथे दिन शेव बनाते थे, पर यही लगता था कि वह उस दिन भी बिला बनी हुई है।

बारह साल के विवाहित जीवन ने रामसरन बाबू को तले-ऊपर पाँच बच्चे दे दिये थे। उन बच्चों के नाम यद्यपि संजय, अजय, अभय, कविता और गीता थे, पर वे छुटन्ने, किरपा, भरोसे, रत्तो, और मन्थरा जैसे ही दीखते थे।

रामसरन बाबू के बच्चे उनके लिए लख़्ते-जिगर थे और वह उनके लिए बेचैन रहते थे। बैंक जाने से पहले और बैंक से आने के बाद वह बच्चों से घिरे रहते। छोटा बच्चा उनकी गोद में आ जाता, उससे बड़ा उनकी अँगुली पकड़ लेता और उससे बड़ा दुम जैसा पीछे-पीछे घिसटता। वह बच्चे की नाक से बहता लेहट पोंछ देते और टपकती लार साफ़ करते। वह आठवें दिन एक थाली में आटा, शकर और घी और एक गिलास में दूध ले जाते और बेकरी से बिस्कुट बनवा लाते और अपने हाथों से हर सुबह बच्चों की उम्र के हिसाब से दो-दो, डेढ़-डेढ़ और एक-एक देते।

रामसरन बाबू को यह नहीं मालूम था कि प्रदेश के गृहमंत्री का क्या नाम है, या कांग्रेस 'ओ' और कांग्रेस 'एन' में क्या अन्तर है, या जनसंघ का चुनाव घोषणा-पत्र क्या कहता है, या एवरेस्ट हिन्दुस्तान में है या नेपाल में, या फ़िराक़ गोरखपुरी को जो एक लाख रुपये का पुरस्कार मिला है वह ज्ञानपीठ ने उनकी साहित्यिक सेवा के लिए दिया है या एक रुपये के टिकट की एवज़ में उनकी लखटकिया लाटरी निकली है। हाँ, उनको यह ज़रूर मालूम था कि पंजाब नेशनल बैंक के बोर्ड ऑफ़ डायरेक्टर्स के चेयरमैन कौन हैं और बैंक की कुल कितनी शाखाएँ हैं और अपने मैनेजर के बहनोई किस पेशे से जुड़े हुए हैं। वह छोटा-मोटा ब्याज बिला रेडी-रेकनर की मदद के निकाल सकते थे और बैलेंस शीट का मिलान न होने पर वह चुटकियों में पता लगा लेते थे कि डे-बुक से कौन-सा इन्दराज़ उतरने से रह गया है।

रामसरन बाबू सड़क पर नीची निगाह कर चलते थे और परायी स्त्रियाँ या लड़कियाँ उनके लिए माँ और बहन तुल्य थीं। एक बार अकेले घर में जवान महरिन उनको देखकर मुस्करा दी थी। वह हाथ-पैरों में पसीना लिये हुए सामने से हट आए थे। आठवें-दसवें दिन उनको अपनी बीवी पाँच-सात मिनट के लिए बेहद ख़ूबसूरत लगने लगती थी और वह रम्भा या रति जैसी

हो जाती थी। तब कमरे में अँधेरा होता था और वह अपनी बीवी का जिस्म देख नहीं सकते थे। पर मन की आँखें उस अँधेरे में भी उस जिस्म के सौन्दर्य को गर्मी से सताए प्यासे की तरह गटागट पी लेती थीं।

बैंक के एक मुँहफट नौजवान चपरासी ने एक दिन कहा था—बाबू साब। अब तो पाँच पैसे ख़र्च कर औरत के पास जाया करिए वरना बच्चों का हिसाब रखने के लिए आपको लेजर खोलना पड़ जाएगा।

रामसरन बाबू दाँतों की जड़ों में जमे मैल की काली परत चमकाते हुए किसी नई-नवेली की-सी मुस्कराहट मुस्करा दिये थे—भाई मोहन सिंघ। बच्चे भगवान के दिये होते हैं। जो देता है वही इनको इनकी क़िस्मत भी देता है।

रामसरन बाबू भोलानाथ की इज़्ज़त करते थे और सौ रुपये का नोट ले जाकर उनको एक रुपये के नोटों की नई गड्डी लाकर दे देते थे। भोलानाथ रामसरन बाबू को बहुत शरीफ़ आदमी मानते थे।

लाश के पीछे प्रकाशनारायण भी चले जा रहे थे। उनके हाथ में तौलिया में लिपटे कपड़े थे और लाश के साथवाले आदमियों में भी कई के पास हाथ या बग़ल में दबे हुए कपड़े थे। उनको देखकर भी धोखा होता था कि उनका मृतक से कोई सम्बन्ध है और वह भी मुर्दनी में शामिल हैं। वैसे भी अगर लाश को उघाड़कर उसका प्रकाशनारायण की देह से मिलान किया जाता तो देखनेवाला चौंक सकता था—अरे, प्रकाशनारायण बाबू के जिस्म में भी लाश जैसा फूलापन है।

प्रकाशनारायण तौलिया में लिपटे कपड़े लांड्री में इस्त्री करने के लिए दे देंगे और फिर उधर ही एक रेडियो मैकेनिक की दूकान पर जाकर रेडियो ले आएँगे। रेडियो वह कल रात वहाँ सम्हलने के लिए छोड़ आए थे। डायल में पड़ा डोरा टूट गया था और सूई घूमती नहीं थी।

आज महीने का दूसरा शनिवार था और प्रकाशनारायण की छुट्टी थी। वह ज़िला नियोजन कार्यालय में स्टेनोग्राफ़र थे।

प्रकाशनारायण का पुश्तैनी मकान था। वह दो भाई थे और एक ही मकान में रहते थे। पर भाई से उनके सम्बन्ध नहीं थे। भाई ज़रूरतमन्द थे

और उन पर ख़र्चे का दबाव ज़्यादा था। सम्बन्ध अच्छे होने पर फिर यह कर्तव्य या धर्म हो जाता है कि ज़रूरतों को पूरा करो या ख़र्चे के दबाव को हल्का करो।

प्रकाशनारायण को दौरा-भत्ता मिलाकर क़रीब साढ़े तीन सौ रुपये पड़ जाते थे। उनके सात साल का बस एक बच्चा था। उन्होंने और उनकी पत्नी दोनों ने नहीं चाहा कि उनके कोई और बच्चा हो। वह और पत्नी दोनों आराम और क़ायदे से रहना चाहते थे और अपनी औलाद को भी वैसे रखना चाहते थे।

आराम और क़ायदे से रहने के लिए वह फलों का इस्तेमाल करते थे, दूध-जलेबी खाते थे, टाफ़ी का डिब्बा लाते थे, गर्मियों में स्क्वेश की बोतल और सर्दियों में मेवा के पैकेट ख़रीदते थे। उनकी चाय के साथ दोनों वक़्त नाश्ता जुड़ा होता था और वहाँ नई और बदली हुई मदें रहती थीं, जैसे कभी मक्खन लगे हुए टोस्ट, कभी दालमोठ, कभी समोसे, कभी चावल की तली हुई कचरी और पापड़, कभी आलू की टिक्की और कभी तेल की पकौड़ियाँ। ढाई प्राणी होने पर भी खाने की थाली में चार तरह की सब्ज़ियाँ रहती थीं और दो क़िस्म के अचार।

प्रकाशनारायण नहाने के बाद गर्दन और बग़लों पर पाउडर छिड़कते थे।

प्रकाशनारायण की पत्नी के पास बक्सा-भर साड़ियाँ थीं, नये-से-नये फैशन की। प्रकाशनारायण के अपने पास जाड़े के लिए चार सूट थे, एक जैकेट थी और एक अचकन। गर्मियों के लिए टेरीकॉट की क़रीब आधा दर्जन क़मीज़ें, बुश्शर्ट और पतलूनें थीं। पैरों के लिए एक जोड़ी बूट था, एक जोड़ी न्यूकट, एक जोड़ी सैंडिल और एक जोड़ी चप्पल। सात साल का बच्चा हफ़्ते में कम-से-कम पाँच तरह की ड्रेस पहनता था। कभी लगता था कि वह लड़की है। कभी लगता था कि लड़की नहीं वह लड़का है। और कभी लगता था कि न वह लड़का और न लड़की, महज़ एक डेकोरेशन पीस है।

वे सब आराम और क़ायदे से रहते थे।

प्रकाशनारायण के पास एक कैमरा था और उन्होंने अपनी पत्नी और बच्चे की पचासों फ़ोटो खींची थीं। जब मूड बनता था, वह रील चढ़ाकर

फ़ोटो खींच लेते थे। वह पत्नी की खींचते थे और पत्नी उनकी। ज़रूरत समझी जाने पर बच्चा उन दोनों में से किसी के साथ शामिल हो जाता था। वैसे उन्होंने बच्चे को भी फ़ोटो खींचना सिखा दिया था।

प्रकाशनारायण के पास रेडियो-सेट के अलावा एक ट्रांजिस्टर भी था और उन दोनों में से कोई-न-कोई सुबह से शाम तक बराबर बजाता रहता था और उसमें से फ़िल्मी गाने आते रहते थे। वह खाना खाने बैठते थे तब ट्रांजिस्टर पास में रख लेते थे, और खाट पर लेटते थे तब रेडियो खोल लेते थे।

कभी-कभी यह भी होता था कि उनको ख़ाली वक़्त का दबाव महसूस होने लगता था। तब वह इस या उस अल्मारी का सामान निकालकर उसे नई तरतीब देने लगते थे, या चौके में जाकर पत्नी का हाथ बँटाने लगते थे, या किसी स्वादिष्ट व्यंजन की तैयारी में जुट जाते थे, या फिर पत्नी कोई कपड़ा काट देती थी और वह सिलाई करने लगते थे। प्रकाशनारायण के पास अपनी सिलाई की मशीन भी थी। उनके पास लोहे की अल्मारी भी थी।

प्रकाशनारायण महीने में पाँच-छह बार शाम को पत्नी और बच्चे को लेकर सिनेमा जाते थे। कोई पिक्चर अगर ज़्यादा अच्छी हुई और सात-आठ हफ़्ते के लिए टिक गई तो वह उस देखी हुई पिक्चर को फिर जाकर देख आते थे। जिन दिनों वह सिनेमा नहीं जाते थे वह शाम के वक़्त साफ़-सुथरे इस्त्री किये हुए कपड़े बदलकर चहलक़दमी करने अकेले निकल जाते थे। वह पान की दूकान पर रुककर एक कोका कोला पीते और फिर पान खाते और फिर कहीं किसी के साथ रुककर बातें करने लगे। जिस तरह की बातें होतीं, उसी तरह की वह भी करने लगते। अलग होने पर वह पान दुबारा और तिबारा खाते और किसी दूकान पर खड़े होकर, रूमाल, मफलर या टाई पसन्द करने लगते। प्राय: ऐसे दिनों वह भोलानाथ के पास भी बैठ जाते। वह भोलानाथ और भोलानाथ की बातें दोनों को पसन्द करते थे और यह कहना मुश्किल था कि भोलानाथ बातों के कारण पसन्द थे या बातें भोलानाथ के कारण। एक बार उन्होंने कैमरे से भोलानाथ की फ़ोटो भी खींची थी।

उस दिन पान की दूकान पर एक जाननेवाले ने पूछा था—आपके भाई साहब की कैसी तबीयत है? दो दिन से सुबह मैं उनको डॉक्टर की दूकान पर देख रहा हूँ।

—तबीयत! मुझे तो उन्होंने कुछ बताया नहीं।—प्रकाशनारायण ने झूठ नहीं कहा था। सच में, भाई साहब को आ गए बुख़ार के बारे में उनको कोई जानकारी नहीं थी।

लाश के पीछे बनारसीलाल गुप्ता भी चले जा रहे थे। जिस तरह वह गर्दन डाले-डाले पीछे चल रहे थे, उससे लगता था कि वह भी उस लाश से कहीं-न-कहीं जुड़े हुए हैं। गुप्ता जी इस वक़्त एक सौदे को लेकर सोच रहे थे। उनको आशा थी कि चीनी का भाव जल्द ही उछाला लेगा और दस रुपये फ़ी बोरी भी फ़र्क़ आ गया तो सौ बोरी में एक हज़ार बच जाएँगे। पर पिछले साल भाव एकदम से नरम पड़ गया था और ख़ैरियत थी कि वह अपना माल निकाल चुके थे। इसलिए वह व्यापारी से हाँ या ना करने से पहले स्थिति का जायज़ा बारीकी से ले लेना चाहते थे। वह दो-एक आढ़तों पर जाकर सलाह-मशविरा भी करेंगे।

सीजन के दिनों में गुप्ता जी ज़्यादातर शकर के डेरे पर ही सोते थे। खाना भी वह अपना वहीं मँगवा लेते थे। जिस्म से ठस जवान बीवी कभी-कभी बिफरकर सवाल कर देती थी—मुझसे शादी क्यों की? शकर की बोरियों से की होती। दिन-रात उन्हीं को कलेजे से चिपटाए रहते हो।

गुप्ता जी अपने मोटे, लटके हुए ओंठ फैलाकर मुस्करा देते। उनकी मुस्कराहट में खिसियाहट और चिपचिपाहट होती और लाचारी का सलेटीपन-रानी, सीजन है और ये ही बिजनेस के दिन हैं। उम्मीद है, अब की बीस हज़ार का ढंग हो जाएगा।

पिछले सीज़न में उनको बारह हज़ार रुपये बचे थे और उन्होंने पत्नी को कंगन गढ़वा दिये थे।

गुप्ता जी की आदत पड़ गई थी कि वह रास्ते में सब तरफ़ से कटकर अँगुलियों पर नफ़ा-नुकसान जोड़ने लगते थे। लाश के पीछे चलते हुए इस समय भी वह अँगुलियों के पोरों पर अँगूठा दौड़ा रहे थे। भ्रम इसलिए और भी गहरा हो सकता था कि वह मुर्दे की क्रिया-कर्म को लेकर दसवाँ-तेरहवीं के वारों का हिसाब तो नहीं बैठा रहे हैं।

भोलानाथ की इन बनारसीलाल गुप्ता के बारे में राय थी कि यह एक बहुत सफल व्यापारी होंगे और दस-पाँच साल में अपनी साख और हैसियत क़ायम कर लेंगे।

लाश के पीछे-पीछे पीताम्बरदास भी चले जा रहे थे और वह भी लाश से जुड़े हुए दीख रहे थे। जिस तरह गिरी हुई निगाह उठाकर वह कभी-कभी टिकठी में मचे लोगों को देखने लगते थे उससे ऐसा लगता था कि वह अभी चार डंग तेज़ रखते हुए वहाँ पहुँच जाएँगे और किसी भी एक को विश्राम देकर टिकठी का एक सिरा अपने कन्धे पर रख लेंगे।

पीताम्बरदास सोने-चाँदी की एक फ़र्म में मुनीम थे। उनको जब नौकरी दी गई थी तब कहा गया था कि खाता लिखने का काम उनके ज़िम्मे रहेगा। फिर बाद में मालिक के घर के कुछ कामों की भी ज़िम्मेदारियाँ उनको दे दी गई थीं। फ़र्म से घंटा, डेढ़ घंटा की उनको छुट्टी मिल जाती थी और वह सौदा-सुलफ, राशन-पानी ले जाकर डलवा आते थे। फ़ीस वाले दिन वही स्कूल जाकर बच्चों की फ़ीस जमा करते थे या बच्चों का जूता-चप्पल ख़राब हो जाने पर वही उनको दूकान पर ले जाकर पहनवा लाते थे। मालिक का कहना था कि वह रुपये-पैसेवाला काम दूसरे पर नहीं छोड़ सकते हैं।

कल रात हिसाब में गड़बड़ी हो गई थी और दस रुपये के एक नोट का घपला पड़ गया। फ़र्म के मालिक ने मुँह बिगाड़कर कहा था—मुनीम जी, इनसान को अपनी नीयत साफ़ रखनी चाहिए।

—लाला जी। मैं—मैं—मैं—।—मुनीम जी सिटपिटाकर बकरी की तरह में-में करने लगे थे। इज़्ज़त पर सीधा वार हुआ था और उनकी समझ में न आया कि वह किस तरह सफ़ाई दें।

—देन-लेन का हिसाब तुम्हारे पास ही रहता है। तब फ़र्क़ कैसे आ गया जब तक...।—फ़र्म के मालिक का तेवर चढ़ा हुआ था।

मैं-मैं-मैं—सौगन्ध—।—मुनीम जी ने फिर कुछ कहना चाहा था, पर बोल नहीं सके थे।

पास में एक दूसरी फ़र्म का आदमी बैठा था और वह गड्डी लेकर नोट दुबारा गिनने लगा। मालिक फ़र्म ने जिस दस रुपये की गड्डी में सौ नोट गिने थे उसमें फिर एक सौ एक नोट निकले। एक नोट गिनते समय दूसरे से बुरी तरह चिपट गया था।

भोलानाथ का पीताम्बरदास मुनीम से कहना था कि नौकरी में सब कुछ बर्दाश्त किया जाता है और इनसान को अपनी खाल मोटी-से-मोटी बनाना चाहिए।

लाश के पीछे-पीछे उस मोहल्ले के दो-एक और भी लोग घिसट रहे थे और उनको लेकर भी वैसा भ्रम होता था। दरअसल जब लाश जा रही हो और उसके पीछे लोग चल रहे हों और इन पीछे चलनेवालों और लाश के बीच में कोई ख़ास फ़ासला न हो तो वे भी लाश और मुर्दनी से जुड़े हुए दीखने लगते हैं।

# सोलह

वह लड़का सामान्य से कुछ भिन्न दीख रहा था, या फिर शायद हर नरम उम्र का बच्चा अपनी गहन संलग्नता के क्षणों में सामान्य की भीड़ से अलग हो जाता है, दिन, दिन और दिन में किसी घटना विशेष से जुड़कर आम दिनों से अलग हो गए दिन की तरह। वैसे वह लड़का उस छोटे-से मैदान में उस समय बिलकुल अकेला भी था। अकेला होने के बावजूद वह क्रिकेट का खेल पूरी मस्ती और उत्साह के साथ खेल रहा था और यह स्थिति ही अपने में एक विशिष्टता और आकर्षण लिये हुए थी।

मैदान में धूप अच्छी तरह फैलना शुरू नहीं हुई थी कि वह लड़का वहाँ आ गया था। शायद उसने एक बासी पराँठा और प्याला-भर चाय से नाश्ता किया होगा और स्टम्प और गेंद दबाकर घर से निकल आया होगा। स्टम्प की लकड़ियाँ खस्ता और पस्त हालत में थीं। उनकी फटन को धागे से बाँध और कीलों से ठोंककर रोका गया था। गेंद भी काफ़ी ख़ुदरी-बुदरी और ज़ख़्मी थी। पर वे स्टम्प और गेंद ही थे, यह बात अपने में कम महत्त्व और अर्थ नहीं रखती थी, विशेषकर उस जैसे लड़के के

लिए। आज छुट्टी का दिन था और उसका इरादा सुबह के इस वक़्त भी तीन-चार घंटे खेलने का था। खेलने को वह किन्हीं ख़ास मौक़ों पर प्रैक्टिस करना भी कहता था।

उसने स्टम्प एक ओर गाड़ दिये थे और फिर क़रीब चौदह-पन्द्रह गज़ के फ़ासले पर निशान के लिए एक गहरी लकीर खींच ली थी। वह पीछे हटकर दौड़ता हुआ उस लकीर तक आता और उठी-तनी हुई बाँह से गेंद घुमाकर फेंकता। वह गेंद को फिर दूसरे किनारे से उठा ले आता और उसी क्रिया को दोहराता, गेंद का पिच लेकर लक्ष्य की ओर जाने का अधिक-से-अधिक ध्यान रखता हुआ।

दरअसल वहाँ कम-से-कम एक लड़का बल्ला लेकर भी होना चाहिए था। उस लड़के के पास शायद अपना बल्ला था नहीं। होता भी तो वह बिना किसी दूसरे की उपस्थिति के बेमायने था। बल्ला जिस लड़के के पास था वह आया न था, या फिर देर से आएगा, या शायद उससे सम्पर्क स्थापित न हो सका था और वह बिलकुल ही आए नहीं। पर वह लड़का उस स्थिति से असन्तुष्ट नहीं था। वह लकीर तक दौड़कर एक ख़तरनाक गेंदबाज़ की मुद्रा में आता और स्टम्प की ओर गेंद घुमाकर यों फेंकता जैसे सच में वहाँ एक खिलाड़ी बल्ले से मुस्तैद चौकस और चौकन्ना खड़ा है। उसे रस मिल रहा था और उसमें उमंग और उत्साह भरपूर था।

लड़के की उम्र 13-14 साल की थी। वह सपने देख सकता था और उनको याद रख सकता था। परसों रात ही उसने सपना देखा था। देखा था कि एक ख़ूब लम्बा-चौड़ा मैदान खचाखच भरा हुआ है और मैच हो रहा है। दो लम्बे-तगड़े, गोरे-भभूके खिलाड़ी बल्ला लिये खेल रहे हैं। वे काफ़ी देर से खेल रहे हैं और चौके-छक्के मारकर गेंदबाज़ों को पदा रहे हैं। फिर उसने देखा कि एक ओर से मैदान में वह गेंद फेंकने लगा है। उसकी गेंद गोली की तरह सनसनाती हुई जाती है। फिर उसने देखा कि उसकी गेंद पर एकाएक स्टम्प उड़ गया है। दर्शक बेतहाशा तालियाँ बजाने लगे हैं, रूमाल और कैप हवा में उछाल रहे हैं, ट्विस्ट कर रहे हैं और

उसका नाम 'चन्दन, चन्दन' लेकर चीरियो कर रहे हैं। फिर दूसरे ओवर में उसकी गेंद पर दूसरा खिलाड़ी भी आउट हो गया है। दर्शकों में तब प्रसन्नता का उफ़ान आ गया है और वे उसको हाथों पर उठाने के लिए उसकी ओर दौड़े आ रहे हैं।

उसने सुबह स्कूल में अपने साथियों को यह सपना सुनाया था।

—तो तू साला सीधा टेस्ट मैच में शामिल हो गया? न्यू टेस्ट कैप फास्ट बाउलर चन्दन। क्यों बे?—एक ने उसकी कमर पर मुक्का मारा।

—वह गोरा-भभूका आस्ट्रेलियन टीम का कप्तान बिल लारी तो नहीं था?—एक-दूसरे ने उसके चूतड़ों पर धौल जमाई।

वह सपना हू-ब-हू उसको अब भी याद था और बहुत दिनों तक याद रहेगा।

धूप मैदान में अब खुल गई थी, मुस्कराहट से बन गई हँसी की मानिन्द। हर चीज़ चमक रही थी, यहाँ तक कि वह लड़का भी और नेकर से बाहर उतरती हुई उसकी लम्बी-गठी हुई टाँगें भी, जिनका रंग ताँबई था। वह किरमिच के जूते पहने था। उन पर खड़िया लगाई गई थी। ऊपर आधी आस्तीन की शर्ट और नीली जर्सी थी। खिलाड़ी होने और उस सरीखा दिखने के लिए उसने अपनी ड्रेस पर भी यथासामर्थ्य ध्यान दिया था।

उसकी फेंकी हुई गेंद इस बार स्टम्प से आधा इंच ऊपर निकल गई थी, रोमांच की एक तीव्र सरसराहट देती हुई।

लड़के के चेहरे पर दौड़ और मेहनत से ख़ून ने रंगत पकड़ ली थी। वहाँ भीगेपन की चमक भी थी, ओस से नहाए किसी फूल पर जैसे सूरज की झिलमिल करती किरनें उतर रही हों।

यदि एकलव्य का पात्र एक सच्चाई था तो निर्जन वन में शर-सन्धान की साधना करते हुए उन स्थितियों में निश्चय ही वह भी ऐसा ही दीखता होगा।

लड़के की गेंद ने इस बार स्टम्प गिरा दिया था, दाएँ किनारेवाली लकड़ी धराशायी हो गई थी और बीचवाली झुक गई थी। लड़का ताली बजाता हुआ

एक फिट हवा में उछल गया। उसके चेहरे की एक-एक पंखुरी खिल गई। सपने में शायद उसने उस गोरे-भभूके बल्लेबाज़ को ऐसे ही क्लीन बाउल्ड किया था। उसने गिना। यह उसके पाँचवें ओवर की चौथी गेंद थी।

उसने स्टम्प अपनी जगह बदस्तूर गाड़ दिये और गेंद फेंकने की उसी क्रिया में फिर आ जुटा।

कुछ ही देर बाद वहाँ एक लड़का और आ गया। वह काफ़ी छोटा था, बस सात-आठ साल का, और जिस तरह वह झिझककर एक ओर खड़ा हो गया, उससे लगता था कि दोनों के जुड़ने में वहाँ अपरिचय की एक बारीक-सी सन्ध थी।

गेंदवाले लड़के ने उसको देखा तो प्रसन्नता प्रकट की। वह अब एक ऐसे साथी की ज़रूरत महसूस करने लगा था जो स्टम्प की ओर गई गेंद को उठाकर उसकी ओर वापस फेंक देता। वहाँ जाकर गेंद उठाना समय और श्रम दोनों ही दृष्टियों से बेलज्ज़त था। इसलिए उसने उस छोटे लड़के को खेलने का निमंत्रण दिया और उसको अधिक समय तक बनाए रखने और उसमें उत्साह जगाए रखने के लिए उससे कहा कि पहले वह कुछ देर तक उधर से गेंद उठाकर उसे वापस फेंक दे और तब फिर वह ख़ुद गेंद उठाएगा और वह लड़का बाउलिंग करेगा, यों वह जानता था कि छोटा होने के कारण वह बाउलिंग करने के लिए सक्षम नहीं है।

यह स्वाभाविक था कि अब गेंदवाला लड़का जल्द-जल्द गेंद फेंकता। एक सिलसिला बँध जाने के कारण उसकी गेंद अपनी ही नज़र में ख़तरनाक होती जा रही थी।

उसने स्टम्प फिर गिरा दिया।

उसी ओवर की तीसरी गेंद पर उसने स्टम्प दुबारा गिरा दिया।

उस छोटे लड़के ने भी सराह और ईर्ष्या के स्वर में कहा कि उसकी गेंद दनदनाती हुई आती है और दिखाई नहीं देती है।

उस मैदान में ज़मीन की वही एक समतल पट्टी थी, नहीं तो वह ऊबड़-खाबड़ था, यहाँ-वहाँ कूड़े-कचरे की लुढ़की हुई ढेरियाँ लिये हुए।

वह चुंगी की जगह थी और उपेक्षित-सी पड़ी रहती थी। आगे चलकर शायद किसी योजना के अन्तर्गत उस पर कोई निर्माण-कार्य हो।

भोलानाथ अपनी बैठक में अख़बार देख रहे थे। अख़बार पढ़कर वह कुछ थकान महसूस करने लगे थे और बरामदे में आकर खड़े हो गए थे। बरामदे से वह पट्टी साफ़ दिखाई देती थी। दो मिनट बाद वह मैदान में उतर गए।

—तुम यहाँ अब तक शाम को खेलने आते थे, आज सुबह ही आ धमके?—उन्होंने लड़के के इतने क़रीब पहुँचकर कहा कि वह भागना चाहे तो भाग भी नहीं सकता था। वैसे वह छोटा लड़का उनको आता देखकर तिड़ी हो गया था।

लड़के ने इसका कोई उत्तर नहीं दिया।

—तुम जब बराबर खेलते रहते हो तो पढ़ते कब हो?

—जी, पढ़ता हूँ।—लड़के ने प्रतिवाद किया, पर किसी पत्ती की सरसराहट जैसी कमज़ोर आवाज़ में।

—किस क्लास में?

—नाइन्थ में।

—नाइन्थ के स्पेलिंग करो।

लड़का सकपका गया, क्योंकि एक अनसमझे आदमी से वह इस क़िस्म के सवाल की आशा नहीं करता था। फिर उसने स्पेलिंग किये।

भोलानाथ नोकवाली हँसी हँस दिये, जैसे बात को उन्होंने सान पर चढ़ाया हो—मैं जानता था तुम 'इ' ड्राप नहीं करोगे। ग्रामर भी तुम्हारी बिलकुल लट्ठ होगी। अच्छा तुम बाल का जेंडर बता सकते हो?

लड़के ने सिर हिला दिया। उसने चाहा कि काश उससे आस्ट्रेलिया की टीम में आए बल्लेबाजों के नाम पूछे जाएँ या यह कि प्रसन्ना किस क़िस्म का बाउलर है या बेदी किस क़िस्म का, या यह कि इन दोनों गेंदबाज़ों ने अब तक कितने टेस्ट खेले हैं और इनका विकेट लेने का औसत क्या रहा है या यह कि एल. बी. डब्लू किसे कहते हैं?

—लार्ड मैकाले कौन था?

—जी, मेरा विषय इतिहास नहीं है।—लड़के ने मायूसी से कहा।

—तो इससे क्या? तेज़ लड़के बहुत-सी बातें जानते हैं। मैं जब सेवेन्थ में पढ़ता था तब मुझे यह सब आता था। पर मैं पढ़ने में मेहनते करता था, यों गेंद फेंकने में वक़्त जाया नहीं करता था।

भोलानाथ अब समझाने के अपने ख़ास लहज़े में उस लड़के को एक अच्छा-ख़ासा-सा लेक्चर देने लगे कि वह पढ़ाई पर मुख्य ध्यान दे, कि पढ़ाई ही उसे आदमी बनाएगी, नहीं तो वह ज़िन्दगी-भर जूती चटखारता घूमेगा, कि आदमी को शुरू से आगे की देखना चाहिए, कि 12-13 की उम्र ही कच्ची-पक्की नींव डालने की होती है, कि...।

वहाँ अब एक दूसरा आदमी भी शामिल हो गया था। वह लड़के का चचा था और सड़क पर जाते हुए जब उसने उन दोनों को देखा तो उसे शक हुआ कि कहीं लड़के ने भोलानाथ के प्रति कोई गम्भीर अपराध या शिकायत का काम तो नहीं किया है। भोलानाथ ने लड़के के चचा से भी फिर वही सब कहा।

—मैं क्या बताऊँ? माँ तो इसकी सीधी-सादी है और खोटा-खरा कुछ भी नहीं समझती। बाप को होटल के काम से फ़ुरसत नहीं मिलती है जो इस पर निगाह रखे।—वह चचा, जिसका व्यक्तित्व उसकी क़मीज़ के कालर जैसा ही कचमैला और खुदरा-बुदरा था, बड़बड़ाकर भोलानाथ का पक्ष मज़बूत करने लगा—न जाने क्यों इस सूअर के दिल में गेंद और बल्ला घुस गया है जो उनके पीछे मजनू बना घूमता है। अभी हिन्दुस्तान की टीम कहीं किसी से हार गई थी, तो इस स्साले का चेहरा यों लटक गया था जैसे घर पर किसी सगे की मैयत हो गई हो।—अभी उस दिन किसी खिलाड़ी का नाम लेकर कूद रहा था कि उसे राष्ट्रपति से पद्म मैडल (पद्मश्री) मिला है। अरे, मिला होगा। वे अफ़सरों और मिनिस्टरों के बेटे होंगे। तू तो एक होटलवाले का पिल्ला है। रुक, इस स्साले की आज कसकर मरम्मत कराऊँगा। इसके बाप को ग़ुस्सा बहुत है, वह इसके जोड़-जोड़ ढीले कर देगा।

चचा लड़के को मैदान से धकियाता हुआ ले गया। भोलानाथ को लगा कि वह लड़का अब आगे से वहाँ खेलने नहीं आएगा। उसको आकर यों वक़्त बरबाद करना भी नहीं चाहिए।

—कच-कच-कच—कच-कच-कच—कच-कच-कच—।

सरदार तेजासिंह ने चारा काटने की मशीन भी लगवा ली थी और वह कच-कच-कच की आवाज़ उछालती हरा चारा काट रही थी।

सरदार तेजासिंह के रिश्तेदारी में आए साले ने निशाना लेकर बन्दूक़ दाग़ दी थी और सुदामाप्रसाद की छत की मुँडेर पर धुपियाते दो कबूतरों में से एक फड़फड़ाकर नीचे आ गिरा था।

तीसरा पहर था और भोलानाथ अपनी उसी बैठक में बैठे थे। वह दोपहर में एक घंटे की मुलायम नींद सो चुके थे। ऐसी नींद के बाद ज़रूरी हो जानेवाली एक प्याली चाय भी वह पी चुके थे। वह इस वक़्त अख़बार का वह हिस्सा देख रहे थे जो सुबह देखने से बाक़ी बच रहा था। दरअसल वह अख़बार की हर छोटी-बड़ी ख़बर को ध्यान से पढ़ते थे। एक तो इससे वक़्त कटता था, दूसरे जानकारी मुकम्मिल रहती थी।

अख़बार में एक नेता ने शिक्षा का स्तर गिरने के लिए शिक्षकों और अभिभावकों को दोषी ठहराया था। भोलानाथ जब एजूकेशन-सुपरिंटेंडेंट के पद पर थे तब भी ऐसा ही महसूस करते थे। इस ख़बर को पढ़कर वह प्रसन्न हुए।

वह तब और भी प्रसन्न हुए जब उनसे मिलने के लिए एक ख़ास व्यक्ति ने बैठक में प्रवेश किया। वह व्यक्ति एक-दूसरे नगर से जुड़ा हुआ था और छुट्टियों में आया था। पहले वह इसी मोहल्ले में रहता था।

वे दोनों काफ़ी देर तक बातें करते रहे। ज़्यादातर भोलानाथ पूछते रहे और वह व्यक्ति बताता रहा। वह व्यक्ति भोलानाथ की इज़्ज़त करता था और 'आप' कहकर सम्बोधित करता था, जबकि भोलानाथ उसका नाम लेकर या 'तुम' कहकर।

उस व्यक्ति ने बताया कि वह अपने विभाग में अब असिस्टेंट सुपरिंटेंडेंट के पद पर है।

भोलानाथ ने इस समाचार पर प्रसन्नता प्रकट की और कहा कि वह जल्द ही सुपरिंटेंडेंट भी हो जाएगा।

वह व्यक्ति बताने लगा कि वह अपने पद पर मेहनत से काम करता है और दफ़्तर में कार्य-समय के बाद भी दो-दो, तीन-तीन घंटे तक बैठता है। उसका अफ़सर बदमिज़ाज़ और ज़बान का तेज़ है। पर वह उसको बर्दाश्त कर लेता है। वह बँगले पर किसी से मिलना पसन्द नहीं करता है, पर फिर भी वह हो आता है।

उस व्यक्ति ने फिर कहा कि पिछले एक साल से उसे गैस की शिकायत हो गई है। भोलानाथ ने उसे अदरक का इस्तेमाल करने का सुझाव दिया।

कुछ देर बाद भोलानाथ ने उससे पूछा कि नाटक के प्रति अब उसका शौक कैसा है। पूछते हुए भोलानाथ के चेहरे पर शरारत की मुस्कराहट आ गई थी, जिससे उसकी तितली मार्का मूँछ कुछ चौड़ी हो गई थी और व्यक्तित्व में चाँदी की पालिश लग गई थी। इसी के साथ उस दूसरे व्यक्ति के चेहरे पर शरमाहट चिपक गई थी और वहाँ अगर कुछ था तो वह ढक गया था। इस चिपकी हुई शरमाहट के नीचे से उसने कहा कि वह शौक उसका निरा बचपना था। उसने यह भी कहा कि वह उस बात को कतई भूल गया है और याद दिलाने पर ही वह अब दिमाग़ में आती है। अभी पिछले दिनों पुराने सामान से भरी एक सन्दूकची में उसे मैडल पड़ा दिखाई दे गया था और तभी उसे यह स्मृति आई कि उसने वीर अभिमन्यु का पार्ट किया था और उसके अभिनय पर उसको उसी नगर के निवासी और आधा दर्जन नाटकों के प्रणेता आचार्य जगमोहन जी ने वह पारितोषिक दिया था।

—सच में, मैं अब यह बिलकुल भूल गया हूँ कि कभी मैंने नाटकों में बड़े जोश-ख़रोश के साथ भाग लिया था और उसके पीछे दीवाना था।—एक छोटे-से अन्तराल के बाद उस व्यक्ति ने फिर कहा।

सच में उसको देखकर अब यह बिलकुल नहीं लगता था कि एक समय वह नाटकों में चरितनायक बना करता था। उसका कभी वैसा रूप क्या रहा होगा? इस समय उसकी गड्ढेदार मैली-पीली आँखों पर मोटे लेन्स का

चश्मा चढ़ा हुआ था। पायरिया की शिकायत के कारण उसके दाँत गिर गए थे और वे नकली थे। उसकी नाक पर मुँहासों से पैदा ब्लाटिंग पेपर जैसा ख़ुरदुरापन था। उसकी कलाइयों की नसें केंचुए जैसी उभरी और फूली हुई थीं। उसकी पीठ के नीचे का हिस्सा सिमटा-सिकुड़ा हुआ। दरअसल अगर उसके बदन पर से कपड़े उतार लिये जाते, आँखों पर से चश्मा हटा दिया जाता और मुँह से नकली दाँत निकाल लिये जाते तो वह निष्क्रिय अवस्था में एक घिनौनी लाश-सा दीखता, मौत की अकड़न लिये हुए।

—अगर तुम नाटक खेलते होते तो आज भी तमाशबीनों के आगे बस रँगे-पुते उछलते-कूदते ही होते।

—वह सब मेरा बचपना और नासमझी ही थी। आपने ठीक किया जो सही वक्त पर मुझे भटक जाने से बचा लिया।—उस व्यक्ति के चेहरे और स्वर दोनों से कृतज्ञता की लिसलिसाहट लथड़ी हुई थी।

वह व्यक्ति चला गया था और भोलानाथ फिर अख़बार देखने लगे थे।

—कच-कच-कच—कच-कच-कच—कच-कच-कच।

सरदार तेजासिंह की आरा मशीन अभी तक चल रही थी और उसके धारदार गँड़ासे तेज़ी से घूमते हुए नरम चारे की मूठों को कच-कच-खच की आवाज़ के साथ काट रहे थे।

# सत्रह

चन्द्रिकाप्रसाद उर्फ़ पहलवान की हत्या के मामले में अभियुक्त शिवनारायण को जो फाँसी की सज़ा दी गई थी उसकी सम्पुष्टि उच्च न्यायालय ने भी कर दी थी। जिन दो न्यायमूर्तियों ने मामले पर पुनर्विचार किया था वे एक मत से इस नतीजे पर पहुँचे कि विद्वान सेशन जज का फ़ैसला सही है और उसमें किसी भी प्रकार के हस्तक्षेप की आवश्यकता नहीं है। वे विद्वान सेशन जज के इस विचार से पूर्णतया सहमत थे कि अभियुक्त शिवनारायण का चन्द्रिकाप्रसाद उर्फ़ चुन्नू उर्फ़ पहलवान को गुंडा मानना ठीक नहीं था और अदालत उसकी इस धारणा को उचित नहीं ठहरा सकती। चन्द्रिकाप्रसाद उर्फ़ चुन्नू उर्फ़ पहलवान पर जितने भी मुक़दमे चले उन सबमें वह निर्दोष पाया गया था, इसलिए क़ानून की निगाह में वह एक सम्माननीय नागरिक ही था। फिर, तर्क के लिए अगर कुछ देर के वास्ते यह मान भी लिया जाए कि चन्द्रिकाप्रसाद उर्फ़ चुन्नू उर्फ़ पहलवान एक दुश्चरित्र व्यक्ति था, तब भी स्थिति में कोई अन्तर नहीं आता है। संविधान ने एक दुश्चरित्र को भी उसी तरह ज़िन्दा रहने का हक़ दिया है जिस तरह एक सच्चरित्र को। किसी दोषी

को सज़ा देने का अधिकार केवल अदालत को ही है, न कि किसी व्यक्ति को और किसी व्यक्ति का उच्छृंखलता से उस अधिकार का अपहरण कर लेना और स्वनिर्णय से किसी को सज़ा देना एक ख़तरनाक स्थिति है।

दोनों न्यायमूर्तियों ने विद्वान सेशन जज के विचारों से पूर्ण सहमति प्रकट करने के बाद यह भी लिखा कि अभियुक्त शिवनारायण एक ऐसा भावुक क़िस्म का व्यक्ति मालूम होता है जो किसी भी सीमा तक उत्तेजित हो सकता है। ऐसा व्यक्ति निश्चय ही समाज के लिए ख़तरनाक है और उसके साथ किसी भी प्रकार की सहानुभूति दिखाना अराजकता को प्रश्रय देना है। उन न्यायमूर्तियों ने सारी स्थितियों और उपलब्ध साक्ष्य पर ध्यान देते हुए अभियुक्त शिवनारायण को दी गई फाँसी की सज़ा सर्वथा उचित और न्यायसंगत पाई।

अख़बार में उच्च न्यायालय के इस निर्णय का सार-संक्षेप निकला था और उसे हज़ारों-लाखों पाठक पढ़ेंगे। उसी अख़बार में दूसरी हत्याओं की भी कई ख़बरें थीं। इन ख़बरों के साथ हत्यारों का कोई चित्र या परिचय नहीं था। बस वहाँ केवल घटनाओं का संक्षिप्त विवरण था।

भोलानाथ अख़बार को लिये हुए बरामदे में खड़े थे। धूप बरामदे में पसर चुकी थी और जहाँ भोलानाथ खड़े थे वह वहाँ भी थी। उनकी नाक और कान के गुहों से निकले हुए बड़े-बड़े बाल और हाथ-पैरों के काले-घने रोएँ धूप में चमक रहे थे।

रास्ते पर से आठ-दस व्यक्ति गुज़रे थे और उन सबने भोलानाथ को सलाम किया था।